Während die Epik die Leistungen der Helden der Vergangenheit feierte, präsentiert sich die Lyrik seit ihrer Geburt durch Archilochos als eine Dichtung der Gegenwart. Für ihn, den Begründer der persönlichen Lyrik des Abendlandes, zählt nur das Ich, das Hier und das Jetzt. Seine Poesie dient nicht mehr dem Preisen einer legendären Vergangenheit. Sie entsteht allein aus den Emotionen des Dichters, sie nährt sich aus seiner Liebe und seinem Haß. Mit wilder Schroffheit vollzog Archilochos den Umschlag von der epischen zur lyrischen Epoche. Mit seiner sachlichen, nüchternen, unpathetischen und prosanahen Sprache formulierte er den revolutionären Bruch. So kam der entschiedene Realismus zustande, mit dem die griechische Lyrik einsetzt.

Archilochos' Lebenszeit fiel in die Archaik: Er lebte zur gleichen Zeit wie der Lyderkönig Gyges (687-652 v. Chr.). Geboren wurde er auf der Insel Paros und ist im Kampf gegen Naxos zwischen 645 und 640 v. Chr. gefallen.

insel taschenbuch 2215
Archilochos
Gedichte

Vánoce 2003
Mamce

Archilochos
Gedichte

Griechisch und deutsch
Übertragen und herausgegeben
von Kurt Steinmann
Mit zahlreichen Abbildungen

Insel Verlag

Umschlagabbildung:
Kopf eines Kriegers aus Ägina, ca. 490 v. Chr.
Nationalmuseum Athen

insel taschenbuch 2215
Erste Auflage 1998

Hinweise zu dieser Ausgabe am Schluß des Bandes
Vertrieb durch den Suhrkamp Taschenbuch Verlag
Umschlag nach Entwürfen von Willy Fleckhaus
Satz: MZ-Verlagsdruckerei GmbH, Memmingen
Druck: Nomos Verlagsdruckerei, Baden-Baden
Printed in Germany

1 2 3 4 5 6 – 03 02 01 00 99 98

Inhalt

neque quemquam alium, cuius operis primus auctor fuerit, in eo perfectissimum praeter Homerum et Archilochum reperiemus.

Bei keinem andern, der etwas als erster erfunden hat, werden wir feststellen können, daß es die höchste Vollkommenheit besitzt, –
außer bei Homer und Archilochos.

Velleius Paterculus I 5

Vorwort

Drei Kilometer nordöstlich der Stadt Paros wurde 1949 von einem Bewohner der Insel zufällig eine Steinplatte aus der Mitte des 3. Jh.s v. Chr. entdeckt, auf der wir die Legende von der Begegnung des Archilochos mit den Musen, ein Gegenstück zu Hesiods Musenweihe in der Theogonie (V. 22 ff.), lesen: In jungen Jahren wurde Archilochos von seinem Vater Telesikles aufs Land geschickt, eine Kuh zum Verkauf in die Stadt zu führen. Vor der Stadt habe er eine Schar Frauen zu sehen geglaubt. Er näherte sich ihnen und neckte sie; sie lachten nur und fragten ihn, ob er die Kuh zu Markte führe. Als er das bejahte, anerboten sie sich, ihm einen angemessenen Preis zu zahlen. Kaum war das gesagt, waren weder die Frauen noch die Kuh zu sehen, zu seinen Füßen aber erblickte er eine Leier. Archilochos war bestürzt; als er sich gefaßt hatte, begriff er, daß es die Musen waren, die sich ihm offenbart und ihm die Leier geschenkt hatten. Er hob sie auf, setzte seinen Weg zur Stadt fort und berichtete dem Vater das Erlebte. Telesikles stellte nun auf der ganzen Insel Nachforschungen nach der Kuh an, vermochte sie aber nicht zu finden. Als er später als Abgesandter der Stadt nach Delphi reiste, um das Orakel über die Polis zu befragen, erkundigte er sich beim delphischen Gott auch über die Erlebnisse, die seinem Sohn widerfahren waren. Apollon prophezeite ihm, daß derjenige seiner Söhne, der ihn als erster anspreche, wenn er vom Schiff springe und den Boden der Heimat betrete, unsterblich (im Nachruhm) und in Liedern gepriesen sein werde. Als erster begegnete dem Vater Archilochos.

Archilochos wird uns auf dieser rund 400 Jahre nach seinem

Tod geschriebenen Steininschrift als Liebling der Musen, und zwar mit gutem Sinn neckischer, scherzhafter Musen, vorgeführt, als ein Auserwählter, dem unsterblicher Ruhm winken sollte. Ein von den Musen Begnadeter wurde er, seinen Nachruhm indes, der noch Jahrhunderte nach seinem Tod blühte, hat Archilochos nicht in unsere Zeit hinüberretten können.

Grabungen auf dem parischen Fundfeld förderten noch eine weitere, zum Teil stark beschädigte Platte zutage mit biographischen Angaben über unsern Dichter und mit einem 30 Verse langen Zitat aus einem seiner Gedichte. Zwei ähnliche Marmorplatten, auch sie stark zerstört, waren schon seit der Jahrhundertwende als sogenanntes *Monumentum Parium* bekannt. Auch sie enthielten lebensgeschichtliche Auskünfte, die jeweils durch Verszitate aus Archilochos' Dichtungen belegt waren: da ist zum Beispiel die Rede von auf beiden Seiten verlustreichen Kämpfen zwischen den parischen Siedlern auf Thasos und Thrakern. Von einem gewaltigen Sieg über die Naxier erzählen weitere Zeilen. In einem dieser Kämpfe mit den östlichen Nachbarn fiel Archilochos.

Alle diese Steinplatten gehörten einst zu demselben *Archilocheion* in Paros, zu jenem heiligen Bezirk – Heroon und zugleich Heiligtum der Musen –, den man dem Dichter zu Ehren um 250 v. Chr. nach wiederholten Anfragen beim delphischen Orakel anlegen und im 1. Jh. v. Chr. erweitern oder restaurieren ließ. Nach dem Zeugnis des Rhetors und Sophisten Alkidamas ist seine Heroisierung schon für das 4. Jh. v. Chr. bezeugt: »Die Parier jedenfalls erweisen dem Archilochos Ehren, mag er auch ein Lästerer sein.«

Heimat des Archilochos war die verhältnismäßig kleine ionische Marmorinsel Paros inmitten der Kykladen – wenn man denn überhaupt von Heimat bei diesem grundsätzlich unbehausten, unverwurzelten, heimatlosen Dichter und Soldaten sprechen darf. Archilochos war ein Bastard: Sohn eines adligen Vaters und einer thrakischen Sklavin. Von Vaters Seite her entstammte er einer der ersten Familien des Landes. Nach Pausanias hat der Urgroßvater des Dichters namens Tellis eine Kolonie von Paros nach Thasos geführt. Tellis' Gattin Kleoboia soll den Demeterkult mit nach Thasos gebracht haben, dessen Pflege der Familie unseres Dichters anvertraut gewesen zu sein scheint (vgl. fragmentum, im Folgenden fr. abgekürzt, 50). Der thasische Maler Polygnot hat in seinem berühmten Unterweltsgemälde in der Lesche der Knidier in Delphi Tellis zusammen mit Kleoboia dargestellt: auf deren Knien die Schatulle, wie man sie für Demeter herzustellen pflegte.

Thasos liegt 400 km nördlich von Paros, ähnlich groß wie Paros, aber reich an Erzen (Kupfer, Silber, Gold), nur 6 km vom thrakischen Festland entfernt, und von der Insel aus gingen die parischen Siedler aufs Festland hinüber, um sich noch mehr Land zu erobern. Bei den unablässigen Kämpfen mit den Eingeborenen erbeutete man auch Sklaven. So wird Archilochos' Vater Telesikles, ebenfalls Kolonisator von Thasos, seine thrakische Frau namens Enipo gewonnen haben. Von seiner niederen Abkunft mag der Dichter in seinen Versen wohl offen gesprochen haben, der Makel war ihm aber gleichgültig, ebenso wie andere Konventionen, ja, aus Kritias (fr. 44 [II p. 396 Diels-Kranz]) wird ersichtlich, daß es ihm geradezu Lust bereitet zu haben scheint, seine zweifelhafte Herkunft auszuposaunen und seine Armut, seine Schmähsucht, seinen starken Sexualtrieb und sogar seine Feigheit offen der Welt kundzutun.

Als Bastard war Archilochos von der väterlichen Erbfolge ausgeschlossen. Seine nicht vollbürtige Abstammung zwang ihn, auf Paros kümmerlich dahinzuleben. Es sei denn, er ging außer Landes und suchte mit dem Schwert seinen Lebensunterhalt und die Stillung seines Abenteuerdranges. »Armut und Mittellosigkeit«, sagt Kritias an der erwähnten Stelle, bestimmten ihn, nach Thasos zu fahren, wo sich seine parischen Landsleute seit rund 25 Jahren als Kolonisten etabliert hatten. Sie hatten nicht nur gegen die ihr Land verteidigenden Eingeborenen zu kämpfen, sondern auch gegen die Siedler anderer griechischer Städte, die sich, wie sie, auf der »nebligen« Insel festzusetzen suchten. Die Kämpfe mit den Thrakern zur Sicherung von Thasos haben sich durch die ganze Lebenszeit des Archilochos hingezogen. Er führte ein ungebundenes Leben als freier Krieger und Söldner. Die einzelnen Phasen dieser Kämpfe zu bestimmen und sie genau zu lokalisieren, ist unmöglich. Die Existenz der parischen Kolonie auf Thasos ist anscheinend manchmal bedroht gewesen (vgl. fr. 22: »... und der Stein des Tantalos/ hänge nicht über dieser Insel!«). Archilochos hat sich nicht nur mit den Waffen des Soldaten, sondern auch mit denen des Dichters für Thasos geschlagen, entsprechend seinem Bekenntnis im 1. Fragment. Es ist begreiflich, daß die antike Tradition diesem Dichter-Soldaten einen Tod auf dem Schlachtfeld zugesponnen hat. Verschiedene Quellen berichten, daß Archilochos durch einen Naxier namens Kallondes im Kampf getötet wurde.

Bemerkenswert ist, daß der delphische Apollon über den Dichter zweimal Aussagen gemacht hat, einmal vor dessen Geburt und dann nach dessen Tod: Als der Vater, ehe Archilochos geboren war, das Orakel befragte, weissagte der Gott, ihm werde ein unsterblicher Sohn geschenkt werden. Und nachdem der Dichter gefallen war, trieb Apollon den Mörder aus seinem Tempel, weil er einen »Diener der Musen« getötet habe (Dio Chrysostomus 33,12; vgl. Erl. zu fr. 13).

Die Lebenszeit des Archilochos fiel nach F. Jacoby (1941) in die Jahre 680-640 (andere anders: A. Blakeway (1936): 740/730-660; A. Bonnard (1958): 705-645/640). Bonnard wagt es, eine genaue Chronologie der Vita aufzustellen, die aber, wie auch seine kühnen Fragment-Kombinationen und -Deutungen, zu Recht wenig Anklang fand: Geboren um 704; als er 20 Jahre alt war, kolonisierte sein Vater Thasos; mit 25 Jahren war er mit Neobule verlobt; 664 verließ er Paros in Richtung Thasos; im Kampf gegen Naxos fällt er, sechzigjährig, zwischen 645 und 640. Das sind alles Spekulationen. Eine sichere Basis für die Datierung bietet Herodot (I 12,2), der erwähnt, daß Archilochos zur gleichen Zeit wie der Lyderkönig Gyges lebte (687-652). Dieser Synchronismus kann als Schlüssel jeder Chronologie für Archilochos betrachtet werden (zur Datierung vgl. die Erläuterungen zu fr. 63).

Wie man die Daten des Archilochos auch fixiert, seine Lebenszeit fiel in die *Archaik*, die eine Zeit des Übergangs war, eine Epoche politischer wie geistiger Revolutionen, wie W. Schadewaldt im dritten Band seiner Tübinger Vorlesungen (1989) klar herausgearbeitet hat: Die alten patriarchalischen und aristokratischen Lebensformen, die den sozialen Rahmen des Epos bildeten, lösen sich immer mehr auf. In den Handelsstädten kommt die bürgerliche Klasse der Kaufleute hoch, die dem Adel die Privilegien zu entreißen sucht. Überall bricht in Griechenland ein scharfer Klassenkampf aus, der sich über zweihundert Jahre hinziehen wird. Das geprägte Geld erscheint und stimuliert die neue Ökonomie. Reichgewordene Kaufleute übernehmen als sogenannte Tyrannen die Macht.

Ferner ist dieses Zeitalter gekennzeichnet durch die *Kolonisation*, nach der Dorischen Wanderung die neue große Expansion der Griechen nach Unteritalien und Sizilien, zum Schwarzen Meer, nach Ägypten und nach Frankreich und Südspanien. Die geographische Erweiterung des Horizonts nährt sich vom Erwachen des Ich-Bewußtseins und fördert dieses zugleich. Die Dichterpersönlichkeit tritt ins Lied, die früher nicht da ist, höchstens in einem »Singe mir, Muse...« Die Großform des Epos weicht kleinen Formen, der metrisch einheitliche Charakter zahlreichen verschiedenartigen Versgebilden, die homerische Kunstsprache einer Vielfalt von Dialekten. Auf eine Formel gebracht: Die archaische Zeit zeichnet sich aus durch das »Erwachen der Persönlichkeit« (B. Snell), durch Unternehmungsgeist und Vitalität. Altes stirbt ab, Neues bricht sich Bahn, und dieses ist jung, frisch, unverstellt und von großer Vielfalt.

Während die Epik die Leistungen der Helden der Vergangenheit feierte, präsentiert sich die Lyrik seit ihrer Geburt bei Archilochos als eine Dichtung der Gegenwart. Für ihn, den Begründer der persönlichen Lyrik des Abendlandes, zählt nur das Ich, das Hier und das Jetzt. Seine Poesie dient nicht mehr dem Preisen einer legendären Vergangenheit. Sie entsteht allein aus den Emotionen des Dichters, sie nährt sich aus seiner Liebe und seinem Haß. Jede dichterische Revolution verwirklicht sich nur in der Ablehnung dessen, was die vorhergehende dichterische Produktion charakterisierte. Mit wilder Schroffheit vollzog Archilochos den Umschlag von der epischen zur lyrischen Epoche. Mit seiner sachlichen, nüchternen, unpathetischen und prosanahen Sprache – mit Ausnahme der elegischen Fragmente, die hier und da epische Färbung zeigen – formulierte er den revolutionären Bruch. So kam der entschiedene *Realismus* zustande, mit dem die griechische Lyrik einsetzt.

In seinem Vorwort zur Archilochos-Ausgabe von Lasserre-Bonnard kennzeichnet A. Bonnard die Dichtung des Archilochos durch drei Hauptzüge: Sie lehne das Mythische ab, verwerfe das Heroische und gebe die erzählende Form auf.

Während der *Mythos* die ganze homerische Dichtung nährte – wie er später die Tragödie nähren wird und die Chorlyrik –, scheint Archilochos nichts gleichgültiger gelassen zu haben als die Abenteuer der Götter. Gewiß hat er das Gefühl der Gegenwart einer transzendenten Welt, die das Leben der Menschen begrenzt und bestimmt, zum Beispiel in Form großer Schiffskatastrophen (fr. 29), Schicksalsschläge und verstörender Naturphänomene (fr. 63). Aber die Götter des Archilochos sind weniger zahlreich als in der Ilias und mischen sich weniger in die Geschicke der Sterblichen ein. Nicht jede Handlung, jedes Vorkommnis, jeder Impuls kommt vom Göttlichen her. Archilochos hat die Welt ein Stück weit entgöttlicht und somit vermenschlicht. Der Freiheitsraum des Menschen ist bei ihm viel weiter als beim Dichter der Ilias oder bei Aischylos. Der Mensch hat den Raum seiner Wirkmöglichkeiten vergrößert. Namen von Göttern tauchen in seinem arg verstümmelt überlieferten Werk zwar durchaus auf, gewisse unter ihnen stehen aber nur mehr für die Elementarkräfte der Natur: Hephaistos: das Feuer; Poseidon: das Meer – und nichts anderes (fr. 30; 32). Einer aber, der stärkste unter ihnen, Zeus, ist der Garant der Gerechtigkeit. In der Fabel vom Adler und vom Fuchs (fr. 67) fleht der ohnmächtige, in seinem Recht schwer gekränkte Fuchs zum »Vater Zeus« und wird erhört. Aber trotz der Existenz dieses unbestechlichen Walters über das Recht ist das Wirken der Himmlischen undurchdringlich und unberechenbar und kann für den Menschen einzigartige Schrecknisse bereithalten. Gegen die Arglist des Schicksals wappnet er sich mit jener dem delphischen Geist entsprungenen *sophrosyne*, jenem Maßhalten (vgl. in fr. 39 *me lien*: »nicht zu sehr«), das in der Erkenntnis der Unbeständigkeit aller menschlichen Verhältnisse gründet. Der so sicher wie die Gezeiten eintretende Wechsel wird als eine Art Gesetz erkannt, das dem Menschen eine gewisse Berechenbarkeit ermöglicht. Um dieses Gesetz zu bezeichnen, braucht der Dichter ein Wort, das einen vorphilosophischen Charakter hat: es gibt einen »Rhythmus« (*rysmos*, fr. 39), der die menschlichen Geschicke regelt. Gegenüber den nicht zu leugnenden Brüchen dieses Gesetzes aber, gegenüber den Rechtsverletzungen aller Art, die gerade Archilochos so bitter erfahren mußte, bleibt dem Menschen gegen das »Unheilbare« noch ein Heilmittel, das die Götter ihm selbst gegeben haben: die *kratere tlemosyne*, die »starke Duldekraft« (vgl. fr. 29).

Der Inhalt von Archilochos' Dichtungen ist das wirkliche, selbsterlebte Leben in all seiner Vielfalt und Einmaligkeit. Der neue Durchbruch der Wirklichkeit nimmt dem Mythos seine Gültigkeit. Archilochos hat nur vereinzelt mythische Themen berührt (vgl. Erl. zu fr. 22). Ebensowenig singt er, der Soldat – sein Name bedeutet »Führer der Kompagnie« –, vom Ruhm der Helden, anders als der Dichter der Ilias, anders als Tyrtaios und Pindar. Er selber will nicht als großer Krieger dastehen, er ist aber auch kein Feigling, sondern einfach ein klug abwägender Mensch (fr. 6):

»Mit dem Schild protzt jetzt ein Saïer, den ich bei einem Gebüsch
– eine ›tadellose Wehr‹ – zurückließ, und wollt' es doch nicht.
Ich selbst aber hab' mich herausgerettet: was schert jener Schild mich?
Fahre er hin! Von neuem werde ich mir einen erwerben, der nicht schlechter ist.«

Im Kampf mit thrakischen Eingeborenen, den Saïern, sah sich Archilochos einmal vor die Wahl gestellt, hinter seinem Schild zu sterben oder ihn wegzuwerfen und davonzulaufen. Der traditionelle Ehrenkodex schrieb ihm den Tod vor. »Mit ihm oder auf ihm!« rief die spartanische Mutter ihrem in den Krieg ziehenden Sohn zu, »komm lieber als Leiche zurück als ohne den Schild!« Archilochos aber entscheidet sich für das einzige, unwiederbringliche Leben. Der Schild hat für ihn nur einen Gebrauchs-, keinen Symbolwert. Das Leben ist wichtig, nicht der Schild. Dreist spottet er der Konvention, die einen käuflichen Gegenstand höher einschätzt als das unersetzliche Leben.

»Kunst ist Opposition« hat Thomas Mann, an Nietzsche anknüpfend, einmal gesagt. Archilochos war seinem Wesen nach Opponent, Feind und Widersacher aller fraglos hingenommenen Vorurteile. Diese Protesthaltung zeigt sich besonders eindrücklich in fr. 17. Bei Homer war der Offizier selbstverständlich ein großgewachsener, an Haar und Bart sorgfältig gepflegter, stolz ausschreitender Herr, Archilochos aber schätzt andere Vorzüge:

»Nicht liebe ich einen großen Heerführer und nicht
einen, der gespreizt einherschreitet,
auch nicht einen lockenstolzen und unter der Nase
ausrasierten,
sondern mir soll einer sein, der klein ist und an den
Schenkeln
krumm aussieht, aber sicher auf den Füßen geht,
voll von Herz.«

Das Bild, das Archilochos vom unscheinbaren, kleinen, X-beinigen Kommandanten zeichnet, steht zum homerischen Ideal in krassem Gegensatz. Aber auf Äußerlichkeiten kommt es nicht an, was einzig zählt im Kampf wird zuletzt genannt: *kardie*, »Herz«, im Sinne von »Beherztheit«, »Mut« und »Kampfkraft«. Der innere Wert zählt, nicht oberflächliches Prunken, und leicht ist herauszuhören, daß der Offizier gerade durch seine Geckenhaftigkeit untüchtig ist und seine ausgreifenden Beine nur zum Davonlaufen braucht.

Wer war dieser Querkopf Archilochos? In fr. 1 stellt er sich selber vor:

»Ich bin Diener des Herrn Enyalios
und bin kundig des lieblichen Geschenks der Musen.«

Archilochos sagt in diesen beiden Versen, einem Hexameter und einem Pentameter, die weder ein selbständiges Epigramm noch die Anfangsverse einer Elegie bildeten, daß er ein Kriegsmann und gleichzeitig ein Dichter ist. Krieger aber heißt bei ihm nicht, wie oft bei Homer, »Diener des Ares«, sondern des Enyalios, des Kriegsdämons, der das Absurde, Gräßliche und Zerstörerische des Krieges verkörpert. Und dem tritt nun in stärkster Antithese die Welt der Musen und des Gesangs, die Welt der Dichtung gegenüber. Zwischen diesen Gegensätzen ist sein Leben verlaufen: hier wie dort ist er zu Hause gewesen, als Söldner und Sänger, beide Schwerter, die des Kampfes wie des Wortes, mit Leidenschaft führend.

Dieser Zweizeiler ist berühmt. Nicht etwa dadurch, daß darin eine Einheit von Krieger und Dichter ausgesagt wird – das kennen wir auch aus der germanischen Sage – nein, es ist ein anderer Grund. Zum ersten Mal in der europäischen Literatur beschreibt sich ein Mensch. Zwar sagt zum Beispiel Nausikaa in der »Odyssee« auch »Ich bin«, wenn sie sich als Tochter des Alkinoos vorstellt. Aber dieses »Ich bin« ist beim Epiker und beim Lyriker jeweils ein ganz anderes: Im Epos stellt sich Nausikaa im Dialog vor, hier aber ist dies »Ich bin« vom Dichter selbst gesprochen, was vorher niemals vorkommt. Und es ist nicht nur eine Selbstvorstellung, sondern eine wirkliche Selbstcharakterisierung. Die Lyrik entdeckt den einzelnen und das Ich.

Es ist nicht viel, was wir von Archilochos' Dichtungen besitzen: Lasserre-Bonnard führen, kleine, kleinste und fragwürdige Bruchstücke mitgezählt, etwa 300 Fragmente auf – davon ist kein einziges vollständig erhalten. Dieser sehr schlechte Überlieferungszustand ist höchst bedauerlich. Ein Fragment wie

Nr. 63 läßt es uns erahnen, welche Schätze die vollständige alexandrinische Archilochos-Ausgabe aus der ersten Hälfte des 3. Jh.s v. Chr. enthalten haben mag:

»Kein Ding ist unverhofft, und verschwören kann man
nichts,
noch sich wundern, seit Zeus, der Vater der Olympier,
aus dem Mittag Nacht machte, da er das Licht verbarg
der strahlenden Sonne. Feuchte Angst kam da über die
Menschen.
Seither ist alles glaubhaft und alles zu erwarten
den Menschen. Keiner von euch soll sich noch
wundern, wenn er sieht,
wie das Bergwild mit Delphinen tauscht den Weideplatz
im Meer und ihm die tosenden Wogen der See
lieber sind als das Festland, diese wiederum den waldigen
Berg vorziehen.«

Damit bricht das Erhaltene ab, aber wir kennen den Fortgang wenigstens seinem Inhalt nach: »›So wundere ich mich denn auch nicht über die Scheußlichkeiten, die meine Tochter Neobule begangen hat.‹ So sprach Lykambes.«

Archilochos schildert das Unerhörte einer – wahrscheinlich totalen – Sonnenfinsternis mit der gleichen Ergriffenheit und Bestürzung wie viel später Adalbert Stifter in seiner großartigen Darstellung vom 8. Juli 1842. Am 6. April 648 v. Chr., genau um 9 Uhr 54 (vgl. Erl. zu fr. 63), verfinsterte sich die Sonne über Thasos. Es war ein verwirrendes Ereignis für eine Zeit, die nichts vom periodischen Sichverfinstern der Sonne wußte, vom Bewußtsein einer unzerstörbaren Ordnung aber um so tiefer durchdrungen war. Wenn auf die Naturgesetze nicht mehr Verlaß ist, dann ist künftig alles denkbar. Keiner soll staunen, wenn er die Entartung alles Vertrauten mit eigenen Augen sieht. Im nur bruchstückhaft überlieferten Rest des Gedichts läßt der Dichter den Analogieschluß vom Kosmischen auf das Menschliche ziehen: alle Natur hat sich verkehrt in seiner Geliebten, die um eines Vornehmeren willen nichts mehr von ihm wissen wollte. Archilochos war verlobt mit einem Mädchen namens Neobule, einer Tochter des Lykambes. Dieser Lykambes hat, vielleicht weil ihm das unstete Leben seines Schwiegersohnes für seine Tochter keine rosigen Aussichten bot, seine Zusage wieder rückgängig gemacht. Die Legende erzählt, der Dichter habe Lykambes derart heftig mit seinen Racheversen, seinen spitzen Jamben, verfolgt, daß er oder seine drei Töchter sich umgebracht hätten (vgl. Erl. zu fr. 53).

Was auch immer an dieser Geschichte dran sein mag, aus den schonungslosen Invektiven spricht ein zutiefst gekränktes Rechtsempfinden, das sich nach Horaz (A. P. 79) bis zur *rabies*, zum »Ingrimm«, zur »tollen Wut« steigern konnte. Immer wieder drückt Archilochos seine Enttäuschung darüber aus, daß sich die reale Welt seinen Vorstellungen vom Richtigen und Wahren nicht fügen will. Seine spöttischen, höhnischen, galligen, ja zynischen Verse, vorzüglich im Metrum des Jambus, scheinen die dichterische Antwort auf arge seelische Verletzungen gewesen zu sein.

Das großartigste Dokument von Archilochos' Enttäuschung und Haß hat uns ein 1898 in Kairo erworbener Papyrus geschenkt. Der Dichter sendet jemandem seinen Fluch nach und wünscht ihm Schiffbruch (fr. 76):

»………………… von den Wogen verschlagen.
Und in Salmydessos mögen ihn, den Nackten, aufs freundlichste
Thraker, am Wirbel behaarte,
empfangen – dort wird er viele Übel erfüllen,
wenn er Sklavenbrot ißt –
den vor Kälte Erstarrten, und aus der salzschäumenden Flut
soll viel Tang ihn bedecken,
und mit den Zähnen soll er klappern, wenn er wie ein Hund auf der Schnauze
liegt, hilflos,
dicht bei der Brandung der Wogen … –
das möchte ich sehen! – :
er, der mir Unrecht getan und mit den Füßen trat auf die Eide –
und war doch früher mein Freund!«

Hinter dem Bild des Schiffbrüchigen steht deutlich die Szene, wie bei Homer Odysseus nackt und entstellt ans Land der Phaiaken getrieben wird. Nur daß seinen Feind nicht freundliche Phaiaken aufnehmen sollen, sondern wilde Thraker, die ihn – wie bitter ironisch ist hier Archilochos – »aufs freundlichste« empfangen werden, um den Angeschwemmten sofort zum Sklaven zu machen. Mit krassem Verismus malt sich der Dichter den elenden Anblick dieses menschlichen Strandguts aus – ehe er ganz am Schluß als zielsichere Pointe die Begründung liefert: er hat ihm Unrecht getan und die Treueschwüre mit Füßen getreten – »er, der früher mein Freund war.«

Die Sprache dieses Gedichts ist, wie immer bei Archilochos,

sachlich und unpathetisch, einfach und klar. Bis auf das etwas gehobene Beiwort epischer Herkunft *Threkes akrokomoi*, wörtlich »Thraker mit Haar oben«, gleicht sie der Alltagssprache. Die Wortstellung ist ungezwungen, der Versbau makellos, hier in der Form der Epode, jenem später von Horaz aufgenommenen Bauprinzip, wonach immer auf einen längeren Vers ein kürzerer folgt. Die Verse des Archilochos sind von hoher Kunst, ohne daß man den Aufwand an Kunstfertigkeit merkt. »Ars adeo latet arte sua«, »die Kunst ist in ihrer Kunst verborgen«, heißt es bei Ovid über Pygmalions Kunst der Elfenbeinbearbeitung (Metamorphosen 10,252). Das gleiche Lob verdienen die Verse des Pariers.

Das Motiv der getäuschten Freundschaft ist neben dem Motiv des Liebesverrats ein Lebensmotiv des Archilochos. Wie er ein großer Hasser war, so war er auch ein leidenschaftlich Liebender. Zwar zeigen uns nur geringe Reste den Dichter als Liebenden, aber in breiter Skala von der wildesten sexuellen Passion bis zur hauchzarten Empfindung. Archilochos ist der erste Liebesdichter des Abendlandes, hat doch die Lyrik die Liebe als seelische Erscheinung überhaupt erst durch ihn entdeckt. Natürlich taucht das Motiv schon bei Homer immer wieder auf, zum Beispiel in den großen Liebenden Andromache, Kalypso, Kirke und im Musterpaar der Treue Odysseus/Penelope. Aber der verzehrende, »nackete« Eros ist wie der trunkene Gott Dionysos in der homerischen Welt ausgeschlossen oder doch an den Rand gedrängt, bei Archilochos hingegen voll gegenwärtig. In fr. 62 verschlingen sich die Leiber, wie in einer homerischen Kampfschilderung, in hemmungsloser Lust:

»und tatendurstig hinstürzen auf ihren Wanst und an
den Bauch den Bauch
drücken, die Schenkel an die Schenkel...«

Die Wildheit seiner Leidenschaft stellt sich aber nicht nur als leibliche, sondern als seelisch tief empfundene dar, vorausweisend auf Sappho, der die Liebe zum Mittelpunkt ihres Daseins wird (fr. 58):

»Doch mich bezwingt, Freund, die gliederlösende
Sehnsucht.«

»Gliederlösend« ist bei Homer Beiwort des Schlafes; hier zielt es nicht auf die Ruhe, sondern auf die destruktive Macht des Verlangens, das den Menschen überwältigt.

Die ganze Hilflosigkeit des von der Liebe an Leib und Seele Getroffenen künden die Verse in fr. 71:

»Denn ein solches Verlangen nach Liebe hat sich unter
das Herz geschlängelt
und viel Dunkel über meine Augen gegossen
und mir aus der Brust geraubt den zarten Sinn.«

Und an anderer Stelle (fr. 57):

»Unselig liege ich da im Bann der Sehnsucht,
entseelt, von schweren Schmerzen auf Geheiß der Götter
durchbohrt durch die Knochen.«

Es gibt aber auch Fragmente, in denen die Liebe in größter Zartheit erscheint, gekleidet in eine ganz schlichte, prosaähnliche Sprache (fr. 54):

»Wär' es mir so doch vergönnt, mit der Hand Neobule
zu berühren!«

Oder die folgenden Zeilen, die von der »lieblichlächelnden Sappho« (Alkaios 63 D.) stammen könnten (fr. 55):

»Hielt einen Myrtenzweig und freute sich daran,
und die schöne Blüte der Rose,
und das Haar
beschattete ihr die Schultern und den Rücken.«

In fr. 56 nennt der Dichter allein drei Dinge, aber genau die, die am meisten auf das Verlangen des Mannes wirken: den Duft, das Haar, die Brüste. Durch diesen doppelten Charakter der Frische und der sinnlichen Echtheit (authenticité charnelle) im Ausdruck der Liebe erinnere Archilochos an Sappho, schreibt Bonnard (XLI). Und falls die Kölner Epode, wie ich glaube, wirklich von Archilochos stammt, so müßten wir unsere Vorstellung von der Spannweite seiner erotischen Sprache bedeutend erweitern (vgl. fr. 77). Fr. 56 lautet:

»Von Myrrhen duftend an den Haaren
und an der Brust, so daß auch ein Alter noch Feuer
gefangen hätte.«

Alle diese preisenden Gedichte gehen wohl auf Neobule, von der er bekennt (fr. 53):

»Sie allein, des Lykambes Tochter, die Jüngste« – und die er doch nicht zur Frau bekommen konnte (fr. 64):

»Vater Zeus, diese Hochzeit habe ich nicht gefeiert!«

Archilochos wählt auch die Form der Fabel, um seine Widersacher anzugreifen (vgl. fr. 65-68). In fr. 65 wirft er seinem eidbrüchigen Schwiegervater in spe an den Kopf, »ver-rückt« geworden zu sein:

»Vater Lykambes, was hast du dir da nur gedacht?
Wer hat deine Sinne verrückt,
in denen du früher so festgefügt warst? Jetzt
erscheinst du
den Bürgern ein Gelächter nur.«

Die Dichtung des Archilochos erzählt nicht. Ihn interessiert nicht, wie Homer, die folgerichtige Darstellung eines Ereignisses, sondern seine Stellungnahme zu diesem Ereignis. Er spendet ihm Beifall oder greift es an. Nichts in seinen Versen ist lau oder unentschieden. Als Individuum nimmt er sich das Recht heraus, über die Menschen und über die ideologischen Grundlagen ihrer Gesellschaft frei zu urteilen. Die Tatsache, daß Archilochos Fabeln schreibt, widerspricht nicht der These, daß er kein Erzähler ist. Das narrative Element der Fabel, die feste Richtmarken für unsere Orientierung in der Menschenwelt bietet, da die tierische Natur nach unserer Vorstellung ein festes System von Typen für den Vergleich bereithält, wird vom Dichter nie um seiner selbst willen eingesetzt, aus bloßer Lust am Erzählen oder zur Illustration einer allgemeinen Wahrheit. Was die Fabeln erhellen, das ist allein die Person des Archilochos und seine Gefühle. Die Erzählung steht im ausschließlichen Dienst der individuellen Emotion. Diesen Sachverhalt hat Bonnard in seinem Vorwort ausgezeichnet herausgearbeitet.

Den Kampf um seine Braut hatte Archilochos also verloren, aber es blieb ihm der Kampf mit dem Schwert, der ihm den Lebensunterhalt sicherte (fr. 2):

»Auf dem Speer beruht mir der geknetete Teig, auf dem
Speer der Wein
von Ismaros, und ich trinke an den Speer gelehnt.«

Der Kampf sicherte Archilochos in jeder Hinsicht das Leben: als Brot, als Wein und als Bettstatt. Aus diesen beiden Versen spricht das totale Angewiesensein auf den Krieg und die ganze Verfallenheit des Archilochos an dieses Leben im Krieg.

Kampf war sein Element, mochte er ihn mit dem Speer ausfechten oder mit seinen Versen. So führen uns denn viele seiner Gedichte in die Welt des Krieges. Von einer großen Idee aber war sein Leben im Dienst von Ares nicht getragen: er führte keinen Freiheitskampf, er strebte nicht nach politischer Macht – es ging ihm allein darum, für Paros ein Stück erobertes Kolonialland zu sichern und wenn möglich zu erweitern. Seine langwährende Kriegerexistenz war unstet und andauernd gefährdet. Es paßt zu seinem Landsknechtsleben, daß Archilochos wahrscheinlich als erster die Fabel vom Wolf erzählt, der sich weigert, das Halsband zu tragen, das den Hals des sicherheitsversessenen Hundes mit einer schändlichen Wunde gezeichnet hat (Lasserre-Bonnard, fr. 20-27). Ungebunden wollte er sein, in den Tag hineinleben. Diesen unstillbaren Drang nach Freiheit von Bindungen bezahlte er mit Kampf und Not, dem Gefühl des Ausgeliefertseins und wohl auch dem der Sinnlosigkeit seiner Existenz, deren Fragwürdigkeit ihm zu Lebzeiten (vgl. fr. 7) und erst recht nach dem Tod (vgl. fr. 15; 16) bewußt war. Immerhin verhalf ihm dieses prekäre Dasein aber zur Erkenntnis der Relativität der überkommenen Normen und zwang ihn, eigene Denk- und Verhaltensmuster zu suchen.

Dieses tastende Suchen nach neuen existentiellen Fixpunkten wird uns besonders aus den größeren Fragmenten deutlich, aus denen uns seine Weltanschauung oder Philosophie entgegentritt. So im Gedicht von der »ephemeren« Natur des Menschen (fr. 37):

»So beschaffen ist das Herz, Glaukos, Sohn des Leptines,
den sterblichen Menschen, wie der Tag, den Zeus
  heraufführt,
und sie denken so, wie die Wirklichkeit ist, auf die sie
  treffen.«

Der Mensch ist das, was der jeweilige Tag aus ihm macht. Er hat keinen unwandelbaren Kern, keine personale, in sich ruhende Mitte. Seine Gedanken- und Gefühlswelt wird von den Ereignissen radikal bestimmt. Der Mensch ist durch und durch »ephemer«, das heißt dem Tag unterworfen und seinem Wechsel preisgegeben. »Ephemer« hat hier noch nicht die spätere Bedeutung »einen Tag dauernd, kurzlebig«. Dieses Fragment steht wie viele andere in enger Beziehung zu einer Stelle bei Homer, ja, die Verse sind fast identisch, nur der entscheidende Begriff ist geändert: Bei Homer ist es der *Nus*, die geistige Seite des Menschen, bei Archilochos der *Thymos*, das mehr Triebhafte und Irrationale, das zusammen mit dem hinzugefügten *phronein*, dem Denken, der Macht des Tages preisgegeben ist. Die Natur des Menschen ist also der bildenden Kraft der Realität ausgeliefert. Seine Existenz ist grundsätzlich unbehaust und brüchig (fr. 38):

»Den Göttern ist alles leicht. Oft richten sie aus Übeln
Menschen auf, die schon auf der schwarzen Erde liegen,
oft stürzen sie die um, die mächtig groß einherschreiten,
rücklings, und dann geschieht viel Übles:
im Mangel an Brot irrt er umher und an seinem Sinn
verwirrt.«

Niedriges wird erhöht, Hohes gedemütigt, und die Götter verfahren ganz nach ihrem Willen: Der Gedanke an Strafe und Lohn taucht dabei – in den erhaltenen Versen – gar nicht auf. Keine Theodizee wird angestrebt, aber auch keine Anklage. Ja, es liegt ein Trost darin, daß ein Mensch nach einem Sturz auch unverhofft wieder ins Lot gestellt werden kann. Das Fragment verschärft den Gedanken des vorausgehenden Gedichts von der Biegbarkeit der menschlichen Natur (fr. 37), indem es feststellt, daß materielle Not unser Denken und unsere Gesinnung – beides liegt im verwendeten *noos* – entgleisen läßt und entwurzelt.

Was Archilochos in dieser Ausgesetztheit vor dem Zerbrechen bewahrte, war die Erkenntnis des Gesetzes, unter dem alle Menschen stehen, die Erkenntnis des »Rhythmos« (fr. 39):

»Herz, mein Herz, von ausweglosen Sorgen aufgewühlt:
Auf, wirf deinen Feinden entgegen die Brust,
wehre dich! In Erwartung der Gegner tritt nah heran,
ohne Wanken! Und weder, wenn du siegst, frohlocke laut,
noch wenn du besiegt wirst, jammere, im Haus dich hinwerfend,
sondern über das Erfreuliche freue dich und über das Schlimme klage
nicht zu sehr. Erkenne, was für ein Rhythmus die Menschen hält.«

Archilochos fordert sich – und uns – auf, zu erkennen, daß das Dasein ein Wechselspiel ist von Gutem und Schlechtem, von Sieg und Niederlage. Darin kann der Mensch sein Wesen nur bewahren, wenn er sich »maßvoll« verhält, entsprechend der delphischen Forderung »Nichts zu sehr!« Den Griechen hilft nichts so sehr, sich mit den Grundbedingungen des Lebens abzufinden, wie die klare Erkenntnis einer allgemeinen Gesetzlichkeit, hier des *rysmos*, des »Rhythmus«, des Auf und Ab, das alle Sterblichen trägt. Der Mensch kann sich den Übeln entgegenstellen, indem er das Maß erkennt, die Ordnung, die über dem Dasein waltet. Es gilt, im Triumph nicht zu überborden, in der Not nicht zu verzweifeln, sondern auszuharren, zu ertragen, zu dulden.

Diese Kraft haben ihm die Götter verliehen. Davon kündet ein größeres Bruchstück aus der Elegie auf den Tod seines Schwagers, der zusammen mit der übrigen Besatzung bei einem Schiffbruch umgekommen war (fr. 29):

»Leid und Trauer wird, mein Perikles, keiner der Bürger
noch auch die Stadt mißbilligen, wenn sie sich an
  festlichen Feiern erfreuen.
Denn solche Männer hat die Woge des vieltosenden
  Meeres
hinuntergespült, und geschwollen haben wir vor
  Schmerzen
die Lungen. Aber die Götter haben auf unheilbare
  Übel,
Freund, die starke Beherrschtheit gesetzt
als Heilkraut. Einmal hat der, einmal hat jener dieses.
  Jetzt hat es sich zu uns
gewandt, und wir stöhnen über die blutende Wunde.
Ein andermal wird es hinüberwechseln zu andern.
  Doch aufs schnellste
faßt euch und stoßt von euch das weibische Klagen!«

Wenn die Bürger ausgelassene Feste begehen, sagen die beiden ersten Verse, so geschieht dies nicht den Toten zur Unehre und zur Brüskierung der Trauernden. Was man auch immer tut, angesichts des äußersten Leids ist das Verhalten der Menschen unerheblich. Ganz knapp und doch so umfassend ertönt das Lob der Ertrunkenen: »...solche Männer«. Krasse Bilder beschreiben die physische Pein, die das Unglück in den Hinterbliebenen wachruft: die Lungen platzen fast, die Wunde blutet.

Doch in dieser Grenzsituation des Schmerzes soll sich der Mensch erinnern, daß ihm die Götter die *tlemosyne* gegeben haben, die Kraft, sich zu fassen, die Fähigkeit zum Dulden. Und dann begründet Archilochos, warum das so ist: Das Leid geht durch die Welt, einmal kommt es zu dem, dann wieder zu jenem. Jetzt ist es bei uns, und wir leiden an ihm, einmal aber wird es wieder von uns weichen und zu andern hinüberwechseln. Weil es dem Menschen gegeben ist zu leiden, und weil sich das Leid auch wieder zu andern wendet, weil das ein Grundgesetz des Lebens ist, darum muß man sich fassen und es ertragen.

Ertragen muß man seine »condition humaine« wie sein individuelles Schicksal, das die Resultante von schicksalhaft zugemessenem Anteil und den Widerfahrnissen des Lebens ist (fr. 35):

»Alles geben, Perikles, der Zufall und das Schicksal dem
Menschen.«

Bis auf den heutigen Tag bestimmen diese beiden Mächte, die innere Anlage und äußeres Einwirken, das Schicksal des Menschen. Goethe beschwor sie in seinen »Urworten«, Moira allerdings ersetzend durch den individuelleren Daimon.

Daß man auf Paros einen *temenos*, einen heiligen Bezirk, und einen Altar für den Kult des Archilochos vierhundert Jahre nach dessen Tod errichtet hat, läßt auf nie unterbrochene *Wertschätzung* des Dichters schließen. Schon um 500 v. Chr. hat Heraklit (B 42) Archilochos in einem Atemzug mit Homer genannt, ein Zeugnis für die überragende Bedeutung des parischen Dichters. Aus dem Heraklit-Fragment läßt sich auch erschließen, daß Archilochos' Gedichte in *agones* (Wettkämpfen) vorgetragen wurden. Pindar kannte einen in Olympia gesungenen Herakleshymnus (Olympien 9, 1-4; vgl. fr. 52) und wußte von »haßerfüllten Reden des Tadlers Archilochos« zu berichten – gemeint sind die Invektiven – die diesen »vielfach in eine ausweglose Situation« gebracht hätten. Die *Archilochoi* des Komödiendichters Kratinos und Anspielungen bei Aristophanes zeigen, daß attischen Theaterbesuchern der parische Dichter durchaus vertraut war. Herodots Erwähnung des Archilochos (1, 12, 2; vgl. fr. 25) setzt ebenfalls die Bekanntschaft seiner Leser mit dessen Gedichten voraus. Platon nennt ihn *sophotatos*, den »Weisesten« (Politeia 365 c), Aristoteles zitiert Archilochos-Fragmente (fr. 25; 63), als ob sie bekannt wären, Theokrit stellt in epigramma 21 fest, daß sich »der tausendfache Ruhm« des Dichters, eines Lieblings der Musen und des Delischen Apolls, in West und Ost verbreitet hat. Nach Aristoteles und seinem Schüler Herakleides Pontikos haben sich alle großen alexandrinischen Gelehrten mit ihm befaßt: Apollonios von Rhodos »in dem Buch über Archilochos«, Aristarchos und Aristophanes von Byzanz, der möglicherweise für die gelehrte Ausgabe in vier Büchern (Elegien, Trimeter, Tetrameter, Epoden) verantwortlich ist. Horaz verkündet stolz, daß er »als erster Paros' Jamben in Latium vorgestellt hat« – in Form seiner Epoden –, indem er »dem Rhythmus und dem Geist des Archilochos« gefolgt sei (epistulae I 19,23 f.). Archilochos wird von zahlreichen Metrikern und von vielen griechischen Schriftstellern der Kaiserzeit zitiert (Plutarch, Synesios) und wegen seiner Kraft, hauptsächlich in der Invektive, bewundert. Immer wieder wird sein »bitter-galliger Mund« (Iulianus Aegyptius AP VII 69), vor dem sich sogar Kerberos in acht nehmen soll, herausgehoben, »das Gift seines furchteinflößenden Wortschwalls« (Anonymus AP IX 185) und sein »beißender Hohn« (Plutarch, *Cato Minor* 7,2), der Lykambes und seine Töchter dazu getrieben haben soll, sich zu erhängen (vgl. Erl. zu fr. 53). »Der Mangel an Respekt und Anstandsgefühl« soll die Lakedaimonier veranlaßt haben, die Bücher des Archilochos aus der Stadt fortzuschaffen. Sie befürchteten nämlich, die Seelen ihrer Kinder könnten durch die Schriften sittlich geschädigt werden (Valerius Maximus 6,3 Ext. 1).

Was die stilistische Ausformung angeht, so wird zwar nicht verkannt, daß in seinen Dichtungen »das Verhältnis des Einzelnen zum Ganzen« nicht gewahrt werde, doch breche »eben das göttliche Dichtertum durch, das man schwerlich einem Gesetz unterstellen kann« (Anonymus, *de sublimitate* 33,4). Quintilian hingegen (institutio oratoria X 1,59) rühmt die Prägnanz seiner Sprache: »Aufs höchste entwickelt ist die Kraft seines Stils, zündend, kurz und von zitternder Nervigkeit sind seine Sätze, blutvoll und energiegeladen in höchstem Maß.« Nietzsche nennt in »Die Geburt der Tragödie« (1871) Homer und Archilochos »die Urväter und Fackelträger der griechischen Dichtung«, die das Altertum »auf Bildwerken, Gemmen usw. neben einander stellt« – in Wirklichkeit gibt es keine gemeinsamen bildlichen Darstellungen – »in der sicheren Empfindung, daß nur diese Beiden gleich völlig originalen Naturen, von denen aus ein Feuerstrom auf die gesamte griechische Nachwelt fortfließe, zu erachten seien«. Nietzsche hebt den »leidenschaftlichen Kopf des wild durch's Dasein getriebenen kriegerischen Musendieners Archilochus« ab von Homer, dem »Typus des apollinischen, naiven Künstlers«. Archilochus, »der erste subjektiv genannte Künstler« – was aber nicht der Wahrheit entspreche – erschrecke uns »durch den Schrei seines Hasses und Hohnes, durch die trunknen Ausbrüche seiner Begierde« (F. Nietzsche, Die Geburt der Tragödie, hrsg. und erl. von M. Landfester, Insel Verlag, 1994, S. 128 ff.). J. Burckhardt sucht in seiner »Griechischen Kulturgeschichte« (Bd. III, ed. dtv, 1977, S. 168; erstmals ersch. 1898-1902) das fortwirkende Interesse an Archilochos über die Zeiten hinweg zu erklären: »Und wenn wir uns nun überhaupt nach dem Grunde der großen Wirkung dieses genialen Lästerers auf Zeitgenossen und Nachwelt fragen, so möchte es im ganzen darauf hinauskommen, daß in ihm der erste scharfe *Realist* mit vollem Hohn unter die Poeten trat.«

Die Echtheit seiner Gefühle, der Mut zur eigenen Meinung, die Fähigkeit, den Leser zu provozieren und zu erschüttern, die zupackende, einfache, aber nie banale Sprache, all diese Vorzüge machen Archilochos zum großen Dichter, vielleicht zum größten Einzellyriker altgriechischer Sprache – ausgenommen die unvergleichliche Sappho. Aus seinen Fragmenten leuchtet ein Gold, das bis in unsre Zeit strahlt.

Kurt Steinmann

1 Der Gott Apollon, Beschützer von Archilochos, dem »Diener der Musen«. Bronzestatuette mit Weihinschrift aus Theben. Entstanden im frühen 7. Jahrhundert, also zu Lebzeiten des Dichters. Boston, Museum of Fine Arts.

2 Demeter und Kore, ursprünglich auf einem Bauernwagen sitzend. Den Kult der Göttin Demeter hatte die Urgroßmutter des Archilochos auf Thasos eingeführt. Terracotta-Gruppe aus Theben, um 620 v. Chr. London, British Museum.

3 Ares und Aphrodite, Artemis und Apollon. Archilochos bezeichnete sich als Diener des Kriegsgottes Ares und der Musen. Ost-Fries des Siphnierschatzhauses in Delphi, um 525 v. Chr.

4 Abschied eines Kriegers von seiner Frau. Der Soldat hebt eine Weinschale mit dem Abschiedstrunk an die Lippen. Stamnos (Weinmischkrug), um 430 v. Chr. München, Staatliche Antikensammlung.

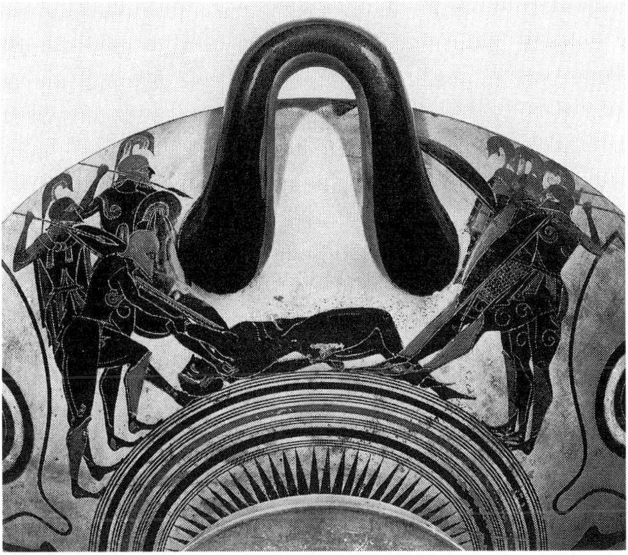

5 Ein toter Krieger wird vom Schlachtfeld gezogen. Gleichzeitig tobt der Kampf über ihm weiter. Trinkschale des Exekias, um 530 v. Chr. München, Staatliche Antikensammlung.

6 Poseidon, der Gott des Meeres. Stater, um 530/490 v. Chr.

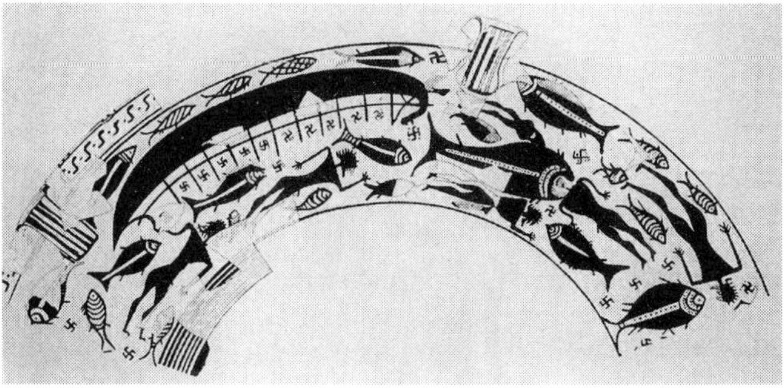

7 Ein gesunkenes Schiff. Die Matrosen sind beim Unglück ertrunken, ihre Körper treiben im Wasser oder sind auf den Grund gesunken. Ein riesiger Fisch ist dabei, einem der Toten den Kopf abzubeißen (vgl. Fragmente 29-32). Euböisch-geometrischer Krater, um 750 v. Chr. Ischia, Museum.

8 Dionysos mit Thyrsosstab und Rebzweig. Vor dem Gott des Weines bläst ein Silen die Doppelflöte. Trinkschale des Makron, um 480 v. Chr. Berlin, Staatliche Antikensammlung.

9 Liebespaar in der Umarmung (vgl. hierzu das Gedicht des Kölner Papyrus; frg. 77). Kolpis, 510-500 v. Chr. Brüssel, Musées Royaux.

10 Silberbecher von Boscoreale: dargestellt sind Menander und Archilochos mit der Leier. Eingraviert steht: »Sei heiter, solange du am Leben bist«. Silberbecher, Paris, Louvre.

Krieg

1 1 D. / 1 W.

εἰμὶ δ᾽ ἐγὼ θεράπων μὲν Ἐνυαλίοιο ἄνακτος
καὶ Μουσέων ἐρατὸν δῶρον ἐπιστάμενος.

2 2 D. / 2 W.

ἐν δορὶ μέν μοι μᾶζα μεμαγμένη, ἐν δορὶ δ᾽ οἶνος
Ἰσμαρικός, πίνω δ᾽ ἐν δορὶ κεκλιμένος.

3 3 D. / 3 W.

Οὔ τοι πόλλ᾽ ἐπὶ τόξα τανύσσεται οὐδὲ θαμειαί
σφενδόναι, εὖτ᾽ ἂν δὴ μῶλον Ἄρης συνάγηι
ἐν πεδίωι· ξιφέων δὲ πολύστονον ἔσσεται ἔργον·
ταύτης γὰρ κεῖνοι δαίμονές εἰσι μάχης
δεσπόται Εὐβοίης δουρικλυτοί.

4 4 D. / 6 W.

ξείνια δυσμενέσιν λυγρὰ χαριζόμενοι

1

Ich bin Diener des Herrn Enyalios
und bin kundig des lieblichen Geschenks der Musen.

2

Auf dem Speer beruht mir der geknetete Teig, auf dem
Speer der Wein
von Ismaros, und ich trinke an den Speer gelehnt.

3

Wahrlich nicht viele Bogen werden gespannt und nicht
zahlreiche
Schleudern, wenn Ares das Kampfgetümmel erregt
in der Ebene: nein, der Schwerter viel Stöhnen
erweckendes Werk wird sein:
denn dieses Kampfes sind kundig jene
Herren Euboias, durch ihre Speere berühmt.

4

Gastgeschenke den Feinden, qualvolle, von Herzen
gebend

5 5a D. / 4 W.

ἀλλ' ἄγε σὺν κώ⌊θωνι θοῆς διὰ σέλματα νηός⌋
φοίτα καὶ κοΐλω⌊ν πώματ' ἄφελκε κάδων,⌋
ἄγρει δ' οἶνον ⌊ἐρυθρὸν ἀπὸ τρυγός· οὐδὲ γὰρ ἡμεῖς⌋
νήφειν ἐν ⌊φυλακῆι τῆιδε δυνησόμεθα.⌋

6 6 D. / 5 W.

ἀσπίδι μὲν Σαΐων τις ἀγάλλεται, ἣν παρὰ θάμνωι
ἔντος ἀμώμητον κάλλιπον οὐκ ἐθέλων,
αὐτὸς μ' ἐξεσάωσα. τί μοι μέλει ἀσπὶς ἐκείνη;
ἐρρέτω· ἐξαῦτις κτήσομαι οὐ κακίω.

7 13 D. / 15 W.

Γλαῦκ', ἐπίκουρος ἀνὴρ τόσσον φίλος, ἔσκε μάχηται.

13

Ich will es tun(?) …
denn wirklich gemeinsam ist den Menschen der Krieg.

14

Und die Jungen ermutige: aber die Entscheidung über den Sieg liegt bei den Göttern.

15

Keiner ist geachtet unter den Bürgern und auch nicht hochgerühmt,
wenn er tot ist; wir jagen mehr nach der Gunst des Lebenden
lebenslang; Schlimmstes wird immer dem Toten zuteil.

16

Denn es ist nicht edel, Männer, die gestorben sind, zu verhöhnen.

17 60 D. / 114 W.

Οὐ φιλέω μέγαν στρατηγὸν οὐδὲ διαπεπλιγμένον
οὐδὲ βοστρύχοισι γαῦρον οὐδ' ὑπεξυρημένον·
ἀλλά μοι σμικρός τις εἴη καὶ περὶ κνήμας ἰδεῖν
ῥοικός, ἀσφαλέως βεβηκὼς ποσσί, καρδίης πλέως.

18 62 D. / 88 W.

Ἐρξίη, πῆι δηὖτ' ἄνολβος ἀθροΐζεται στρατός;

17

Nicht liebe ich einen großen Heerführer und nicht
einen, der gespreizt einherschreitet,
auch nicht einen lockenstolzen und unter der Nase
ausrasierten,
sondern mir soll einer sein, der klein ist und an den
Schenkeln
krumm aussieht, aber sicher auf den Füßen geht,
voll von Herz.

18

Erxies, wozu versammelt sich wieder das unglückselige
Heer?

Thasos

19 18 D. / 21, 22 W.

ἤδε δ᾽ ὥστ᾽ ὄνου ῥάχις
ἕστηκεν ὕλης ἀγρίης ἐπιστεφής.
. . . .
οὐ γάρ τι καλὸς χῶρος οὐδ᾽ ἐφίμερος
οὐδ᾽ ἐρατός, οἷος ἀμφὶ Σίριος ῥοάς.

20 19 D. / 20 W.

κλαίω τὰ Θασίων, οὐ τὰ Μαγνήτων κακά

21 53 D. / 116 W.

ἔα Πάρον καὶ σῦκα κεῖνα καὶ θαλάσσιον βίον.

22 55 D. / 91 W.

μηδ᾽ ὁ Ταντάλου λίθος
τῆσδ᾽ ὑπὲρ νήσου κρεμάσθω.

19

. . . . wie ein Eselsrückgrat
steht diese (Insel) da, von wildem Wald dicht umhüllt.

. . . . .
Denn das ist gewiß kein schöner Landstrich und auch kein entzückender
und lieblicher wie die Gegend am Siris-Strom.

20

Ich klage um das Unheil der Thasier, nicht das der Magneten.

21

Laß fahren Paros und jene Feigen und das aus dem Meer gewonnene Leben.

22

. . . . und der Stein des Tantalos
hänge nicht über dieser Insel!

23 54 D. / 102 W.

ὥς Πανελλήνων ὀιζὺς ἐς Θάσον συνέδραμεν.

24 129 Bgk. / 228 W.

Θάσον δὲ τὴν τρισοιζύρην πόλιν

23

Wie aller Griechen Jammer auf Thasos zusammengelaufen ist.

24

… Thasos, die dreimaljammervolle Stadt …

Zeitgeschichte

25 22 D. / 19 W.

Οὔ μοι τὰ Γύγεω τοῦ πολυχρύσου μέλει
οὐδ' εἷλέ πώ με ζῆλος οὐδ' ἀγαίομαι
θεῶν ἔργα, μεγάλης δ' οὐκ ἐρέω τυραννίδος·
ἀπόπροθεν γάρ ἐστιν ὀφθαλμῶν ἐμῶν.

26 23 D. / 227 W.

⏑ _ *ὁ δ' Ἀσίης καρτερὸς μηλοτρόφου*

27 52 D. / 109 W.

⟨Ὦ⟩ λιπερνῆτες πολῖται, τἀμὰ δὴ συνίετε
ῥήματα.

28 70 D. / 115 W.

νῦν δὲ Λεώφιλος μὲν ἄρχει, Λεώφιλος δ' ἐπικρατεῖ,
Λεωφίλωι δὲ πάντα κεῖται, Λεώφιλος δ' ἀκούε⟨ται⟩.

25

*»Ich mache mir nichts aus Gyges', des goldreichen,
Schätzen,
auch hat mich noch nicht der Neid
gepackt und mich regt auch nicht auf,
was Götter tun, und große Tyrannenmacht begehre ich
nicht:
denn fernab liegt dies meinen Augen.«*

26

... der Herrscher über das schafenährende Asien

27

*O ihr abgeholzten Bürger, vernehmt meine
Worte ...*

28

*Jetzt regiert Leophilos, Leophilos hat jetzt die Macht,
von Leophilos hängt alles ab, Leophilos schenkt man
Gehör.*

Lebensgesetze

29 7 D. / 13 W.

Κήδεα μὲν στονόεντα, Περίκλεες, οὔτε τις ἀστῶν
μεμφόμενος θαλίηις τέρψεται οὐδὲ πόλις·
τοίους γὰρ κατὰ κῦμα πολυφλοίσβοιο θαλάσσης
ἔκλυσεν· οἰδαλέους δ' ἀμφ' ὀδύνηισ' ⟨ἔ⟩χομεν
πνεύμονας. ἀλλὰ θεοὶ γὰρ ἀνηκέστοισι κακοῖσιν,
ὦ φίλ', ἐπὶ κρατερὴν τλημοσύνην ἔθεσαν
φάρμακον. ἄλλοτέ τ' ἄλλος ἔχει τάδε· νῦν μὲν ἐς ἡμέας
ἐτράπεθ', αἱματόεν δ' ἕλκος ἀναστένομεν,
ἐξαῦτις δ' ἑτέρους ἐπαμείψεται. ἀλλὰ τάχιστα
τλῆτε γυναικεῖον πένθος ἀπωσάμενοι.

29

Leid und Trauer wird, mein Perikles, keiner der Bürger
noch auch die Stadt mißbilligen, wenn sie sich an
festlichen Feiern erfreuen.
Denn solche Männer hat die Woge des vieltosenden
Meeres
hinuntergespült, und geschwollen haben wir vor
Schmerzen
die Lungen. Aber die Götter haben auf unheilbare
Übel,
Freund, die starke Beherrschtheit gesetzt
als Heilkraut. Einmal hat der, einmal hat jener dieses.
Jetzt hat es sich zu uns
gewandt, und wir stöhnen über die blutende Wunde.
Ein andermal wird es hinüberwechseln zu andern.
Doch aufs schnellste
faßt euch und stoßt von euch das weibische Klagen!

30 10, 1. 2/3. 4 D./9, 11 W.

εἰ κείνου κεφαλὴν καὶ χαρίεντα μέλεα
Ἥφαιστος καθαροῖσιν ἐν εἵμασιν ἀμφεπονήθη.
. . . .
οὔτε τι γὰρ κλαίων ἰήσομαι οὔτε κάκιον
θήσω τερπωλὰς καὶ θαλίας ἐφέπων.

31 21 D./213 W.

ψυχὰς ἔχοντες κυμάτων ἐν ἀγκάλαις

32 11 D./12 W.

κρύπτωμεν ⟨δ'⟩ ἀνιηρὰ Ποσειδάωνος ἄνακτος
δῶρα.

33 12 D./8 W.

πολλὰ δ' ἐυπλοκάμου πολιῆς ἁλὸς ἐν πελάγεσσι
θεσσάμενοι γλυκερὸν νόστον (∪ _ ∪ ∪ ⊻)

30

(Nicht so schwer trügen wir am Verlust,)
wenn sein Haupt und seinen anmutigen Leib,
der in reine Gewänder gehüllt, Hephaistos umsorgt hätte.

. . . .

Denn ich werde nichts heilen, wenn ich weine, noch es schlimmer
machen, wenn ich Vergnügungen und frohen Festen nachjage.

31

Ihr Leben liegt in den Armen der Wellen.

32

Bergen wollen wir des Herrschers Poseidon peinvolle Gaben!

33

Die wir so oft in den Fluten des schöngekräuselten, grauen Meeres
die süße Heimkehr erfleht . . .

34 20 D. / 215 W.

καί μ᾽ οὔτ᾽ ἰάμβων οὔτε τερπωλέων μέλει.

35 8 D. / 16 W.

Πάντα Τύχη καὶ Μοῖρα, Περίκλεες, ἀνδρὶ δίδωσιν.

36 41 D. / 25 W.

οὔ]τις ἀνθρώπου φυή,
ἀλλ᾽ ἄλλος ἄλλωι κα]ρδίην ἰαίνεται.

37 68 D. / 131, 132 W.

Τοῖος ἀνθρώποισι θυμός, Γλαῦκε, Λεπτίνεω πάι,
γίγνεται θνητοῖσ᾽, ὁκοίην Ζεὺς ἐφ᾽ ἡμέρην ἄγηι,
καὶ φρονεῦσι τοῖ᾽, ὁκοίοισ᾽ ἐγκυρέωσιν ἔργμασιν.

34

Und weder Jamben noch Genüsse liegen mir im Sinn.

35

Alles geben, Perikles, der Zufall und das Schicksal dem Menschen.

36

[Nicht ist] des Menschen Natur (bei allen gleich),
nein, der eine wärmt an diesem, der andere an jenem sich das Herz.

37

So beschaffen ist das Herz, Glaukos, Sohn des Leptines,
den sterblichen Menschen, wie der Tag, den Zeus heraufführt,
und sie denken so, wie die Wirklichkeit ist, auf die sie treffen.

38 58 D. / 130 W.

Τοῖς θεοῖς †τ' εἰθεῖ' ἅπαντα· πολλάκις μὲν ἐκ κακῶν
ἄνδρας ὀρθοῦσιν μελαίνηι κειμένους ἐπὶ χθονί,
πολλάκις δ' ἀνατρέπουσι καὶ μάλ' εὖ βεβηκότας
ὑπτίους κ⟨λ⟩ίνουσ'· ἔπειτα πολλὰ γίγνεται κακά
καὶ βίου χρήμηι πλανᾶται καὶ νόου παρήορος.

39 67 a D. / 128 W.

Θυμέ, θύμ' ἀμηχάνοισι κήδεσιν κυκώμενε,
†ἀνάδυ†, δυσμενῶν δ' ἀλέξευ προσβαλὼν ἐναντίον
στέρνον, †ἐν δοκοῖσιν ἐχθρῶν† πλησίον κατασταθείς
ἀσφαλέως· καὶ μήτε νικῶν ἀμφάδην ἀγάλλεο
μηδὲ νικηθεὶς ἐν οἴκωι καταπεσὼν ὀδύρεο.
ἀλλὰ χαρτοῖσίν τε χαῖρε καὶ κακοῖσιν ἀσχάλα
μὴ λίην· γίγνωσκε δ' οἷος ῥυσμὸς ἀνθρώπους ἔχει.

40 67 b D. / 129 W.

_ ∪ _ ∪̄ _ *σὺ γὰρ δὴ παρὰ φίλων ἀπάγχεαι*

38

Den Göttern ist alles leicht. Oft richten sie aus Übeln
Menschen auf, die schon auf der schwarzen Erde liegen,
oft stürzen sie die um, die mächtig groß einherschreiten,
rücklings, und dann geschieht viel Übles:
im Mangel an Brot irrt er umher und an seinem Sinn
verwirrt.

39

Herz, mein Herz, von ausweglosen Sorgen aufgewühlt:
Auf, wirf deinen Feinden entgegen die Brust,
wehre dich! In Erwartung der Gegner tritt nah heran,
ohne Wanken! Und weder, wenn du siegst, frohlocke
laut,
noch wenn du besiegt wirst, jammere, im Haus dich
hinwerfend,
sondern über das Erfreuliche freue dich und über das
Schlimme klage
nicht zu sehr. Erkenne, was für ein Rhythmus die
Menschen hält.

40

... denn gerade von Freunden wirst du erdrosselt.

Kampf und Selbstbehauptung

41 66 D. / 126 W.

ἓν δ᾽ ἐπίσταμαι μέγα,
τὸν κακῶς ⟨μ᾽ ἔ⟩ρδοντα δέννοισ᾽ ἀνταμείβεσθαι κακοῖς.

42 103 D. / 201 W.

πόλλ᾽ οἶδ᾽ ἀλώπηξ, ἀλλ᾽ ἐχῖνος ἓν μέγα.

43 69 D. / 125 W.

_ ∪ _ μάχης δὲ τῆς σῆς, ὥστε διψέων πιεῖν,
ὣς ἐρέω.

44 56 D. / 105 W.

Γλαῦχ᾽, ὅρα· βαθὺς γὰρ ἤδη κύμασιν ταράσσεται
πόντος, ἀμφὶ δ᾽ ἄκρα Γυρέων ὀρθὸν ἵσταται νέφος,
σῆμα χειμῶνος· κιχάνει δ᾽ ἐξ ἀελπτίης φόβος.

41

Eines kann ich, das ist groß:
dem, der Böses mir antut, es heimzuzahlen mit bösem Schimpf.

42

Vieles weiß der Fuchs, aber der Igel nur eines, und das ist groß!

43

… mit dir zu kämpfen, wie ein Dürstender zu trinken lechzt, so begehr ich das …

44

Glaukos, schau: das tiefe Meer wird nämlich schon von den Wogen
aufgewühlt, und um die Felsspitzen von Gyrai pflanzt aufrecht sich eine Wolke auf,
das Zeichen des Sturms; aus dem Unberechenbaren fällt Schrecken uns an.

45 73 D. / 127 W.

Ἤμβλακον, καί πού τιν᾽ ἄλλον ἥ ἀάτη κιχήσατο.

46 9 D. / 14 W.

Αἰσιμίδη, δήμου μὲν ἐπίρρησι⟨μ⟩ μελεδαίνων
οὐδεὶς ἂν μάλα πόλλ᾽ ἱμερόεντα πάθοι.

45

Ich habe gefehlt – und vermutlich hat schon manch andern die Verblendung eingeholt.

46

Aisimides, keiner, der sich um des Volkes Mißfallen kümmert,
dürfte sehr viel von dem erfahren, was sein Sehnen stillt.

Kult und Kunst

47 77 D. / 120 W.

ὡς Διωνύσοι᾽ ἄνακτος καλὸν ἐξάρξαι μέλος
οἶδα διθύραμβον οἴνωι συγκεραυνωθεὶς φρένας.

48 111 D. / 194 W.

ἕωθεν ἕκαστος ἔπινεν· ἐν δὲ βακχίηι⟨σιν⟩

49 76 D. / 121 W.

αὐτὸς ἐξάρχων πρὸς αὐλὸν Λέσβιον παιήονα

50 119 D. / 322 W.

Δήμητρος ἁγνῆς καὶ Κόρης τὴν πανήγυριν σέβων

51 106 D. / 253 W.

κηλ[εῖ]ται δ᾽ ὅτις [ἐστὶ]ν ἀοιδαῖς.

47

Denn des Herrn Dionysos schönes Lied anzustimmen
versteh ich, den Dithyrambos, vom Wein zusammen-
gedonnert im Zwerchfell.

48

Frühmorgens trank jeder: im Bakchantentaumel

49

Selber stimm ich an zur Flöte einen lesbischen Paian.

50

Der heiligen Demeter und Kores Feier hochachtend...

51

in Bann geschlagen wird jeder von den Liedern.

52 120 D. / 324 W.

Τήνελλα
ὦ καλλίνικε χαῖρ' ἄναξ Ἡράκλεες,
τήνελλα καλλίνικε
αὐτός τε καὶ Ἰόλαος, αἰχμητὰ δύο.
τήνελλα
ὦ καλλίνικε χαῖρ' ἄναξ Ἡράκλεες.

52

(Chorführer:) Tenella!
(Chor:) Siegreicher Herrscher, sei gegrüßt, Herakles!
(Chorführer:) Tenella!
(Chor:) Siegreicher,
du selbst und auch Iolaos, Lanzenschwinger ihr beide!
(Chorführer:) Tenella!
(Chor:) Siegreicher Herrscher, sei gegrüßt, Herakles!

Liebe und Freundschaft

53 24 D. / 38 W.

οἵην Λυκάμβεω παῖδα τὴν ὑπερτέρην

54 71 D. / 118 W.

εἰ γὰρ ὣς ἐμοὶ γένοιτο χειρὶ Νευβούλης θιγεῖν.

55 25 D. / 30, 31 W.

ἔχουσα θαλλὸν μυρσίνης ἐτέρπετο
ῥοδῆς τε καλὸν ἄνθος,
ἡ δέ οἱ κόμη
ὤμους κατεσκίαζε καὶ μετάφρενα.

56 26 D. / 48 W.

ἐσμυρισμένας κόμας
καὶ στῆθος, ὡς ἂν καὶ γέρων ἠράσσατο

53

Sie allein, des Lykambes Tochter, die Jüngste

54

Wär' es mir so doch vergönnt, mit der Hand Neobule
zu berühren!

55

Hielt einen Myrtenzweig und freute sich daran,
und die schöne Blüte der Rose,
und das Haar
beschattete ihr die Schultern und den Rücken.

56

Von Myrrhen duftend an den Haaren
und an der Brust, so daß auch ein Alter noch Feuer
gefangen hätte.

57 104 D. / 193 W.

δύστηνος ἔγκειμαι πόθωι
ἄψυχος, χαλεπῆισι θεῶν ὀδύνῃσιν ἕκητι
πεπαρμένος δι' ὀστέων.

58 118 D. / 196 W.

ἀλλά μ' ὁ λυσιμελής, ὦ 'ταῖρε, δάμναται πόθος.

59 P. Ox. XXII (1954) nr. 2310 fr. 1 (a) col. I, 36-39 / 24 W.

]θ̣ε̣ῖ̣ καί σε θε[ὸς ἐρ]ρύσατο
].[.]. κα̣ἀ̣μ̣ὲ̣ μουνωθέντ' ἴδη⟨ι⟩ς̣
]ν ἐν ζόφωι δὲ κείμενο⟨ς⟩
]ἐ[ς] φά[ος κ]ατεστάθην.

60 86 D. / 184 W.

τῆι μὲν ὕδωρ ἐφόρει
δολοφρονέουσα χειρί, θἠτέρηι δὲ πῦρ.

57

Unselig liege ich da im Bann der Sehnsucht,
entseelt, von schweren Schmerzen auf Geheiß der
Götter
durchbohrt durch die Knochen.

58

Doch mich bezwingt, Freund, die gliederlösende
Sehnsucht.

59

... und dich hat ein Gott errettet, daß du ...
... und daß du mich, den Vereinsamten, erblickst.
... im Dunkel liegend
... wurde ich ins Licht gestellt.

60

Wasser trug sie in der einen
Hand, die Listensinnende, in der andern Feuer.

61 34 D. / 252 W.

ἀλλ᾽ ἀπερρώγασί ⟨μοι⟩
μύκεω τένοντες

62 72 D. / 119 W.

καὶ πεσεῖν δρήστην ἐπ᾽ ἀσκὸν κἀπὶ γαστρὶ γαστέρα
προσβαλεῖν μηρούς τε μηροῖς

63 74 D. / 122 W.

Χρημάτων ἄελπτον οὐδέν ἐστιν οὐδ᾽ ἀπώμοτον
οὐδὲ θαυμάσιον, ἐπειδὴ Ζεὺς πατὴρ Ὀλυμπίων
ἐκ μεσημβρίης ἔθηκε νύκτ᾽ ἀποκρύψας φάος
ἡλίου λάμποντος. ὑγρὸν δ᾽ ἦλθ᾽ ἐπ᾽ ἀνθρώπους δέος.
ἐκ δὲ τοῦ καὶ πιστὰ πάντα κἀπίελπτα γίγνεται
ἀνδράσιν. μηδεὶς ἔθ᾽ ὑμέων εἰσορῶν θαυμαζέτω
μηδ᾽ ἐὰν δελφῖσι θῆρες ἀνταμείψωνται νομόν
ἐνάλιον καί σφιν θαλάσσης ἠχέεντα κύματα
φίλτερ᾽ ἠπείρου γένηται, τοῖσι δ᾽ ὑλήειν ὄρος.

61

. . . . doch zerrissen sind ⟨mir⟩
meines Schwanzes Sehnen

62

und tatendurstig hinstürzen auf ihren Wanst und an den Bauch den Bauch
drücken, die Schenkel an die Schenkel . . .

63

Kein Ding ist unverhofft, und verschwören kann man nichts,
noch sich wundern, seit Zeus, der Vater der Olympier,
aus dem Mittag Nacht machte, da er das Licht verbarg
der strahlenden Sonne. Feuchte Angst kam da über die Menschen.
Seither ist alles glaubhaft und alles zu erwarten
den Menschen. Keiner von euch soll sich noch wundern, wenn er sieht,
wie das Bergwild mit Delphinen tauscht den Weideplatz
im Meer und ihm die tosenden Wogen der See
lieber sind als das Festland, diese wiederum den waldigen Berg vorziehen.

64 29 D. / 197 W.

Ζεῦ πάτερ, γάμον μὲν οὐκ ἐδαισάμην

65 88 D. / 172 W.

Πάτερ Λυκάμβα, ποῖον ἐφράσω τόδε;
τίς σὰς παρήειρε φρένας,
ἧις τὸ πρὶν ἠρήρεισθα; νῦν δὲ δὴ πολύς
ἀστοῖσι φαίνεαι γέλως.

66 88 a D. / cf. 223 W.

τέττιγα δ᾽ εἴληφας πτεροῦ

67 94 D. / 177 W.

ὦ Ζεῦ πάτερ Ζεῦ, σὸν μὲν οὐρανοῦ κράτος,
σὺ δ᾽ ἔργ᾽ ἐπ ἀνθρώπων ὁρᾶις
λεωργὰ καὶ θεμιστά, σοὶ δὲ θηρίων
ὕβρις τε καὶ δίκη μέλει.

64

Vater Zeus, diese Hochzeit habe ich nicht gefeiert!

65

Vater Lykambes, was hast du dir da nur gedacht?
Wer hat deine Sinne verrückt,
in denen du früher so festgefügt warst? Jetzt erscheinst du
den Bürgern ein Gelächter nur.

66

Eine Zikade hast du am Flügel gefaßt.

67

Zeus, Vater Zeus, dein ist im Himmel die Macht,
du schaust auf der Menschen Werke,
die schändlichen und die gesetzlichen, und dir liegt am Herzen
der Tiere Frevel und ihr Recht.

68 95 D. / 173 W.

ὅρκον δ' ἐνοσφίσθης μέγαν
ἅλας τε καὶ τράπεζαν ⏑ ⏑̄ ⏑ ⏓

69 113 D. / 188 W.

Οὐκέθ' ὁμῶς θάλλεις ἁπαλὸν χρόα· κάρφεται γὰρ ἤδη

70 114 D. / 188 W.

ὄγμος, κακοῦ δὲ γήραος καθαιρεῖ

71 112 D. / 191 W.

τοῖος γὰρ φιλότητος ἔρως ὑπὸ καρδίην ἐλυσθείς
πολλὴν κατ' ἀχλὺν ὀμμάτων ἔχευεν
κλέψας ἐκ στηθέων ἁπαλὰς φρένας. – ⏑ – ⏑ – ⏑̄

72 27 D. / 205 W.

οὐκ ἂν μύροισι γρηῦς ἐοῦσ' ἠλείφετο.

68

und hast dich vom Eid abgekehrt, dem großen,
der du Salz und Tisch …

69

Nicht mehr blüht deine zarte Haut: denn schon runzelt
sie.

70

die Furche, es packt des schlimmen Alters…

71

Denn ein solches Verlangen nach Liebe hat sich unter
das Herz geschlängelt
und viel Dunkel über meine Augen gegossen
und mir aus der Brust geraubt den zarten Sinn.

72

Mit Myrrhen würde sich ein altes Weib nicht salben.

73 116 D. / 190 W.

καὶ βήσσας ὀρέων δυσπαιπάλους, οἷος ἦν ἐπ' ἥβης

74 37 D. / 45 W.

κύψαντες ὕβριν ἀθρόην ἀπέφλοσαν.

75 78 D./124b W.

_ ∪ _ *πολλὸν δὲ πίνων καὶ χαλίκρητον μέθυ,*
οὔτε τῖμον εἰσενείκας _ ∪ _ ∪̄ _ ∪ ⏑̲
οὐδὲ μὲν κληθεὶς ⟨ὑφ' ἡμέων?⟩ ἦλθες, οἷα δὴ φίλος,
ἀλλὰ σεῦ γαστὴρ νόον τε καὶ φρένας παρήγαγεν
εἰς ἀναιδείην.

73

(Ich? durchstreifte . . .)
und die schroffen Schluchten der Berge, (liebestrunken)
wie ich war, zur Zeit meiner Jugend.

74

Erhängten sich und spieen all ihren Hochmut aus.

75

Obgleich du viel trankst, und zwar ungemischten
Wein,
hast du doch nichts zu den Kosten beigesteuert . . .
und bist, ungeladen ⟨von uns?⟩ gekommen, grad als ob
du einer von uns wärst.
Aber dein Bauch hat dir den Sinn und das Zwerchfell
verführt
bis zur Schamlosigkeit.

76 79a D.

κύμ[ασι] πλα[ζόμ]ενος.
κἀν Σαλμυδ[ησσ]ῷ̣ι̣ γυμνὸν εὐφρονέ̣σ̣[τατα]
Θρήικες ἀκρό[κ]ομοι
λάβοιεν – ἔνθα πόλλ᾽ ἀναπλήσει κακά
δούλιον ἄρτον ἔδων –
ῥίγει πεπηγότ᾽ αὐτόν. ἐκ δὲ τοῦ χνό⟨ο⟩υ
φυκία πόλλ᾽ ἐπιχ⟨έ⟩οι,
κροτέοι δ᾽ ὀδόντας ὡς [κύ]ων ἐπὶ στόμα
κείμενος ἀκρασίηι
ἄκρον παρὰ ῥηγμῖ̣να κυμαντ̣ῷ̣ι[.].[.]. ι
ταῦτ᾽ ἐθέλοιμ᾽ ἂ̣ν ἰδε̣ῖ̣ν,
ὅς μ᾽ ἠδίκησε, λ̣[ὰ]ξ δ᾽ ἐπ᾽ ὁρκίοισ᾽ ἔβη
τὸ πρ̣ὶν ἑταῖ̣ρος [ἐ]ών.

76

. . . . von den Wogen verschlagen.
Und in Salmydessos mögen ihn, den Nackten, aufs freundlichste
Thraker, am Wirbel behaarte,
empfangen – dort wird er viele Übel erfüllen,
wenn er Sklavenbrot ißt –
den vor Kälte Erstarrten, und aus der salzschäumenden Flut
soll viel Tang ihn bedecken,
und mit den Zähnen soll er klappern, wenn er wie ein Hund auf der Schnauze
liegt, hilflos,
dicht bei der Brandung der Wogen . . . –
das möchte ich sehen! –:
er, der mir Unrecht getan und mit den Füßen trat auf die Eide –
und war doch früher mein Freund!

77 196a W.

9 [τ]έρψιές εἰσι θεῆς πολλαὶ νέοισιν ἀνδ[ράσιν]
παρὲξ τὸ θεῖον χρῆμα· τῶν τις ἀρκέσε[ι.]
[τ]αῦτα δ' ἐφ' ἡσυχίης εὖτ' ἂν μελανθῇ[ι μοι γένυς]
[ἐ]γώ τε καὶ σὺ σὺν θεῶι βουλεύσομεν.
[. . . . .]
28 [. . . . .] παρθένον δ' ἐν ἄνθε[σιν]
[τηλ]εθάεσσι λαβὼν ἔκλινα· μαλθακῆι δ[έ μιν]
[χλαί]νηι καλύψας, αὐχέν' ἀγκάλη⟨ι⟩σ' ἔχω[ν]
[δεί]ματι παυ[σ]αμένην τὼς ὥστε νέβρ[ον ἐκ φυγῆς]
[μαζ]ῶν τε χερσὶν ἠπίως ἐφηψάμην,
[ἧ δ' ὑ]πέφηνε νέον ἥβης ἐπήλυσιν χρόα·
[ἅπαν] τε σῶμα καλὸν ἀμφαφώμενος
[θερμ]ὸν ἀφῆκα μένος ξανθῆς ἐπιψαύ[ων τριχός].

77

Freuden gibt es viele von der Göttin für junge Männer
außer der göttlichen Sache. Davon wird eine genügen.
Die anderen Dinge aber werden wir in Ruhe, wenn dunkel mein Kinn ist,
ich und du, mit Gott, beratschlagen.
[........]
.... Dann nahm ich das Mädchen und
legte es nieder inmitten der blühenden Blumen. Mit einem weichen
[Mantel] umhüllte ich [sie] und hielt ihren Nacken in meinen Armen,
als sie verschreckt innehielt wie ein Rehkitz [auf der Flucht,]
und berührte sanft [ihre Brüste] mit den Händen,
[sie aber] zeigte [verstohlen] ihre frische Haut, das Anzeichen der Jugendblüte.
Und [ganz] ihren schönen Leib um und um betastend,
schleuderte [warm] ich meine Kraft heraus, streichelnd ihr blondes [Haar.]

Erläuterungen

1 Der karische Schlachtdämon Enyalios (oder Enyeus), der schon für die mykenische Zeit nachweisbar ist, ist bereits in der Ilias mit dem aus Thrakien stammenden Kriegsgott Ares verschmolzen und kann synonym für ihn stehen (7, 166; 9, 668; etc.). Zum Ausdruck *therapon Enyalioio* vgl. Homer, *Ilias* 2, 110: *therapontes Areos*, »Diener des Ares«. »Diener der Musen« nennt Apollon den Dichter, als er den Mann, der diesen im Kampf getötet hat, aus seinem Tempel weist (vgl. Erl. zu fr. 13).

Diener der Musen und Krieger zu sein wünscht sich im homerischen Apollon-Hymnus V. 131 der Gott kurz nach seiner Geburt: »Mein sei die liebe Leier und mein der gekrümmte Bogen!«

2 Brot (eig. eine Art Gerstenfladen) und Wein (und zwar kostbaren) sichert der Krieg dem Archilochos, und auch die Liege (*kline*), wenn er sagt, daß er an den Speer gelehnt (*keklimenos*) trinkt. Dabei schwingt mit, daß man in der Regel auf der Kline trinkt und nicht im Stehen auf den Speer gestützt schnell einen Becher hinunterspült. Eine andere Deutung (Franyó/Gan, 1981) faßt das zu ergänzende Verb konkret auf: am Speer hängt ein Sack mit Brot und ein Schlauch mit Wein, wie es die bekannte Kriegervase aus Mykene illustriert.

Ismaros: Stadt in Thrakien, an der Küste gegenüber der Insel Thasos gelegen, auf der Bewohner der Insel Paros, der Heimatinsel des Archilochos, um 680 eine Kolonie gründeten und wo der Dichter mit dem Schwert focht. In Ismaros, der Stadt der Kikonen, erhält Odysseus vom Apollonpriester Maron »süßen, ungemischten Wein, einen göttlichen Trank« (Homer, *Odyssee* 9, 204 f.), mit dem er später Polyphem trunken macht.

3 Archilochos rühmt die im Nahkampf besonders tüchtigen Herren der Insel Euboia möglicherweise im Zusammenhang mit dem sog. Lelantischen Krieg, der zwischen den Hauptorten Chalkis und Eretria geführt wurde. An diesen Kämpfen, die nach Thukydides I 15 die griechische Welt in zwei Lager schieden, hat der Dichter aktiv teilgenommen.

4 Die beißende Ironie, erst durch das nachgetragene Adjektiv »qualvolle« deutlich geworden, wird durch das Partizip am Schluß, das üblicherweise nur für fördernde Dienste verwendet wird, noch gesteigert. Es liegt ein

Musterbeispiel für ein Oxymoron vor (Vereinigung widersprechender Begriffe).

5 Diese Zeilen sind bei Athenaios und in einem 1908 von Grenfell-Hunt veröffentlichten Papyrus aus dem 2. Jh. n. Chr. überliefert. Dieses Bruchstück teilt zu Beginn fünf weitere, kaum deutbare Zeilenanfänge mit. Im vierten ist dabei von der Ablehnung (?) einer Mahlzeit die Rede.

Auf seinen Kriegs- und Raubfahrten zur See gibt Archilochos, wohl der Kommandant des Schiffes, in ausgelassener Stimmung einem Kameraden den Auftrag, Wein aus dem Verladeraum im Schiffsinnern heraufzuholen. »Von der Hefe«: wird der geringe Restbestand angedeutet?

6 Die Kolonisten auf Thasos suchten die gegenüberliegende thrakische Küste zu erobern und hatten mit den kriegerischen Saïern manch harten Kampf zu bestehen. Bei einem Angriff brechen die Saïer aus dem Gebüsch, die Thasier fliehen, Archilochos läßt seinen Schild im Stich – eine berühmte, oft nachgebildete Stelle: Alkaios (49b D.), Anakreon (51 D.) und Horaz, *Oden* II 7, bei denen sich das Motiv von einem autobiographischen zu einem literarischen gewandelt hat.

Plutarch überliefert (Instituta Laconica 34 p. 239[b]), Archilochos sei, als er einmal nach Sparta kam, sofort ausgewiesen worden, »weil sie feststellten, daß er in einem Gedicht die Ansicht vertreten hatte, es sei besser, seine Waffen wegzuwerfen als zu sterben«.

Latacz (1996, S. 42) spricht vom »Pragmatismus zweckbezogener Güterabwägung« und bezeichnet die Verse zu Recht als »das Manifest einer autonomen neubewertenden Persönlichkeit«.

7 Ein Söldner (eig. »ein herangeholter Kämpfer«) genoß nach Archilochos' Erfahrung nur einen Funktions-, keinen menschlichen Eigenwert. Zu Glaukos, des Leptines Sohn, vgl. fr. 37; 44. Sein Grab wurde 1955 auf der Insel Thasos von französischen Archäologen entdeckt (vgl. Erl. zu fr. 37).

8 Die Karer, Bewohner von Karien im Südwesten Kleinasiens, waren als Söldner bekannt und wahrscheinlich verrufen. Sie zählten zu den *tria kappa kakista*, den drei schlimmsten mit »K« beginnenden Wörtern. Die letztliche Bedeutung dieser Aussage ist für den heutigen Leser verlorengegangen.

9 In seiner Eigenschaft als Sühnegott sendet Apollon mit seinem fernhin treffenden Pfeil Pest und Tod. Wie bei Aischylos, *Agamemnon* 1080-1082 oder Euripides fr. 781, 11 f. N[2] (»Apollon, ›Verderber‹, wirst du unter den Menschen mit Recht genannt,/ die den verborgenen Sinn der Götternamen ken-

nen«) ist hier Apollon als redender Name aufgefaßt, wenn auch das Simplex *ollymi* und nicht *apollymi* (»vernichten«) verwendet ist. »Vernichte, wie du vernichtest«, dürfte einer alten beschwörenden Gebetsformel entsprechend den Gott an seine Wesensart erinnern.

10 Der Dichter-Soldat Archilochos bittet den Gott des Feuers um einen Brand, der die Feinde verzehren soll. In der Ilias (21, 331 ff.) entfacht Hephaistos auf Heras Ersuchen ein den Fluß Skamandros und seine Ufer entflammendes Feuer, um dem bedrängten Achilleus zu helfen.

11 Archilochos wünscht die sengende Hundssternhitze auf seine Feinde (die Leichen seiner Feinde?) herab. Die Hundstage sind die Tage zwischen dem 23. Juli und dem 23. August, während denen die Sonne in der Nähe des Hundssterns (Sirius) steht.

Treu vertritt, Plutarch und Hesychios folgend, die Auffassung, daß »Sirius« hier nicht den Hundsstern, sondern die Sonne meine. Zu den Wirkungen des Sirius, des hellsten Fixsterns des Himmels, auf Mensch und Natur vgl. Hesiod, *erga* 581 ff; Alkaios fr. 94 D.

12 Diese Verse zitiert Plutarch in der Galba-Vita: Viele an der Ermordung des Kaisers Unbeteiligte hätten später ihre Hände und Schwerter mit Blut beschmiert und vorgezeigt, um seinem Nachfolger ihre Forderungen vorlegen zu können. Gegen derlei Lügner und Angeber zielt hier Archilochos, sich selbst dabei nicht schonend: Sieben Feinde haben wir niedergestreckt, wir, tausend an der Zahl. Welch eine Heldentat! »Die Ruhmestaten der Männer« (vgl. Homer, *Ilias* 9, 189) sind im nüchtern-ironischen Blick des Dichters nichts als erbärmliche Schlächtereien.

13 Von Clemens Alexandrinus als »Abwandlung« von Homer, *Ilias* 18, 309 zitiert. Hektor ist entschlossen, sich Achilleus im Kampf zu stellen, ob dieser siege oder er selber: »Allen gemein ist Enyalios (= Ares; vgl. fr. 1), und auch den Tötenden tötet er!«

Archilochos fiel im Kampf seiner Heimatinsel Paros mit Naxos. Eine tiefsinnige Legende erzählt, daß er nach seinem Tod von Apollon in außergewöhnlicher Weise geehrt wurde. Denn als der Mann, der den Dichter getötet hatte, den delphischen Tempel betreten wollte, hinderte ihn der Gott daran, weil er »einen Diener der Musen« erschlagen habe. Der Abgewiesene rechtfertigt sich damit, daß dies im Handgemenge der Schlacht geschehen sei (vgl. Treu, S. 122 ff.). »Krieg ist gemeinsam«: »Les chances de la guerre sont les mêmes pour tous« (Bonnard).

14 Der zweite Teil des Verses erinnert an einen Vers der Ilias (7, 102), der in einer Passage steht, in der Menelaos seinen Danaern weibische Feigheit vorwirft, da keiner es wage, Hektor im Kampf zu begegnen. Für Homer wie für Archilochos rechtfertigt das Wissen um die Allmacht der Götter keineswegs verzagte Unentschlossenheit, sondern soll den Mut zur Tat beleben.

15 Beim Elegiker Tyrtaios (7. Jh. v. Chr.), dem Dichter der Kampfparainese, lesen wir vom unvergänglichen Ruhm, der dem Gefallenen zuteil wird (fr. 9, 29-32; übersetzt von Z. Franyó, Frühgriechische Lyriker, Erster Teil, Berlin 1981):

»Ehren erweisen weithin die Menschen dem Grab und den Kindern
Und den Enkeln; man rühmt später das ganze Geschlecht.
Nie vergehen adliger Ruf und Name des Helden;
Unter der Erde lebt ewig, unsterblich er fort.«

Archilochos fand die Ideologie vom Nachruhm des tapfer im Kampf Gefallenen, wie sie vor allem die alte Elegie (Kallinos, Tyrtaios) vertrat, durch seine Erfahrungen widerlegt. So erstaunt es denn nicht, daß er sich weigerte, für die fiktive Schildehre sein Leben wegzuwerfen (vgl. fr. 6). Während Archilochos hier in seinem unbedingten Willen, die menschliche Natur in ihrem wahren, ungeschminkten Sein darzustellen, so grausam dieses auch sei, nur feststellt, wie wir es mit den Toten halten – »daß das Andenken an die meisten nach dem Tod schnell zerrinnt«, sagt Stobaios, der die Verse überliefert –, empfiehlt Semonides (fr. 2 D.), die Toten schnell zu vergessen:

»Des Toten sollten wir nicht gedenken,
wenn wir vernünftig sind – mehr als *einen* Tag.«

16 Der Vers wird in den Homerscholien mit Homer, *Odyssee* 22, 412 verglichen. Wie die Amme Eurykleia das Blutbad sieht, das Odysseus unter den Freiern angerichtet hat, jauchzt sie laut auf; Odysseus aber gebietet ihr Einhalt: »Nicht ist es heiliger Brauch, über erschlagene Männer zu frohlocken.« Während aber Homer sein Verbot auf göttliche Norm zurückführt, beruft sich Archilochos auf das menschliche Schicklichkeitsgefühl.

17 Homer, *Ilias* 3, 166 ff. zeigt Priamos vom skaiischen Tor aus auf Agamemnon und fragt Helena, wer denn der »so stattliche und edle« und wunderschöne Mann sei, »der einem königlichen Manne gleiche«. Dieses homeri-

sche Heldenideal gibt Archilochos hier dem Gelächter preis. Für ihn zählen, fernab romantischen Ideologien, die innern Qualitäten mehr als der allgemein anerkannte Schein. Es ist bedeutungslos, daß sein bevorzugter Heerführer ein echter Thersites ist, »der häßlichste Mann, der gegen Troja gekommen ist« (vgl. Homer, *Ilias* 2, 212 ff.), was allein zählt, ist die *kardia*, die Be*herz*theit. Später wird sich die charaktervolle Häßlichkeit in Aesop und Sokrates verkörpern. Anders als in Homers Welt sind hier die äußeren und inneren Vorzüge nicht mehr untrennbar verbunden.

Auch der Stil von Archilochos' Dichtung ist frei von prunkvollem Putz, sicher und fest schreiten auch seine Verse dahin und herzhaft ist seine Sprache und oft kühn sind seine Gedanken.

18 Erxies, ein Freund des Dichters, trägt einen sprechenden Namen: »Täter« oder »Verteidiger« (Bonnard: »sans doute un surnom [cf. Hérodote VI 98]«).

anolbos bedeutet etwas, auf dem kein Glück, kein Heil, kein Segen liegt.

19 Die beiden Fragmente, bei Plutarch (Zeilen 1, 2) und Athenaios (Zeilen 3, 4) überliefert, hat schon Bergk miteinander verbunden. Mit »diese (Insel«) ist nach Plutarch Thasos gemeint (vgl. Erl. zu fr. 2). Archilochos findet seine neue Heimat häßlich, im Gegensatz zur Gegend am Siris, einem Flüßchen – und einer gleichnamigen, von Ionern aus Kolophon besiedelten Stadt – am Golf von Tarent. Ob der Dichter diese Landschaft mit eigenen Augen gesehen hat, wie man aus diesen Zeilen schließen wollte, bleibt Spekulation. Während ihm Thasos rauh und uneben wie ein Eselsrücken vorkommt, erscheint Odysseus das Land der Phaiaken schön rund »wie ein Schild« (Homer, *Odyssee* 5, 281).

20 Magneten: Bewohner der Stadt Magnesia, im südwestlichen Kleinasien, am rechten Ufer des unteren Maiandros. Als 675 die Kimmerier, ein nomadisches, von den Skythen aus Südrußland vertriebenes Reitervolk, Magnesia überfielen und plünderten, wird die ganze hellenische Welt darüber geklagt haben. Für Archilochos aber wiegt die Not im eigenen Umkreis schwerer als ein Ereignis der großen Geschichte.

21 Nach der Aufforderung an einen, der mit dem Anbau von Feigen und mit etwas Fischfang sein kümmerliches Leben fristet, Paros zu verlassen, wird das Gedicht wohl als Gegenentwurf ein Leben anderswo (auf Thasos?) als ein wahres Eldorado geschildert haben. Oder eine andere Deutung: Vom harten Söldnerleben auf Thasos sehnt sich Archilochos weg nach dem

friedlichen Leben in seiner ursprünglichen Heimat; aber im Nu ruft er sich zur Raison, diesen Illusionen nicht nachzusinnen.

thalassios bios könnte auch heißen: »das Leben auf dem Meer«.

22 Archilochos' Bitte, nie möge über Thasos ein schwerlastendes Unheil schweben, das jeden Augenblick niederfahren kann, benutzt das Bild vom »Stein des Tantalos«, eines der wenigen mythischen Exempla des Dichters (eine Ausnahme bilden die Nessos-Deianeira-Geschichte [vgl. fr. 147 Bgk.] und selbstverständlich die Chorlieder [vgl. fr. 52]).

Der mythische König Tantalos wurde von den Göttern ihrer Gesellschaft gewürdigt und mit Glücksgütern überhäuft, »doch er konnte den reichen Segen nicht verkraften, und im Übermaß verstieg er sich zu gewaltigem Verbrechen« (Pindar, *Olympien* I, 55 ff.). Zur Strafe ließ Zeus einen mächtigen Stein über ihm schweben, so daß ihm jeder Genuß unmöglich wurde. Später wurde die Version bei Homer, *Odyssee* 11, 582 ff. bekannter: als einer der ewigen Büßer im Hades steht er in einem Teich; Wasser und Früchte sind ihm nahe, doch unerreichbar, das Urbild der Frustration. Seine Schuld wird bei Homer nicht angegeben; bei Pindar, *Olympien* I entwendet er den Göttern Nektar und Ambrosia für seine Freunde und setzt den Himmlischen bei einer Gegeneinladung Fleischstücke seines Sohnes Pelops vor, was Pindar nicht glauben kann.

23 Passend zur zweiten Deutung von fr. 21 verwünscht Archilochos den Abschaum aller Hellenen, der sich in Thasos eingefunden hat, all die Söldner, Glücksritter und Desperados.

24 Von Kritias (fr. 44 [II p. 396 Diels-Kranz]) erfahren wir, daß Archilochos seine Heimatinsel Paros »aus Armut und Mittellosigkeit verließ und daß er deshalb nach Thasos kam«. Dem dürftigen Leben auf Paros (fr. 21) folgte kein besseres auf der Marmorinsel Thasos (fr. 19) in der nördlichen Ägäis vor der thrakischen Küste. Thasos, das ursprünglich von thrakischen Saïern bewohnt war, wurde zu Anfang des 7. Jh.s unter Führung des Telesikles, des Vaters des Dichters, von Paros aus griechisch kolonisiert. Als Krieger verteidigte Archilochos die Interessen der parischen Kolonisten in Kämpfen, die sich zumeist auf dem nahen Festland abgespielt zu haben scheinen, wo die Parier festen Fuß zu fassen suchten (vgl. fr. 6).

25 Aristoteles (rhet. 3, 17 p. 1418b 28) sagt, daß dies der Anfang eines Iambos ist und daß hier Archilochos nicht in eigener Person spricht, sondern die Worte dem Zimmermann Charon in den Mund legt. Wir finden eine Nachbildung

des Gedichts bei Horaz, *Epode* 2. Wie beim römischen Dichter muß auch hier gegen Ende des Gedichts eine Demaskierung des zunächst mit eindrücklichen Selbstbescheidungsparolen auftrumpfenden Mannes erfolgt sein: er wird sich als habsüchtiger Ehrgeizling entpuppt haben.

Andere Deutung bei Bonnard: Archilochos habe in diesen Versen einem delphischen Orakel geantwortet, das ihm befohlen habe, die Herrschaft über Thasos anzutreten. Archilochos lehnt ab: er habe keinen Ehrgeiz (V. 2) und Thasos sei außerhalb seines Horizonts (V. 4).

Nach Fränkel (1962, 153 f.) schleudert Archilochos in Charons Maske seinem Gegner Beleidigungen an den Kopf; nach unsern vier Versen mag Charon gedroht haben: »– aber wenn ich den Soundso in dem Prunk und der Macht seines übel erworbenen Reichtums an mir vorübergehn sehe, dann allerdings bekomme ich Lust, ihm meine Axt an den Kopf zu werfen.«

Die Erwähnung des Lyderkönigs Gyges, der zwischen ca. 687 und 652 »Tyrann« war, liefert eine nützliche Chronologie für Archilochos (vgl. fr. 63 und Herodot I 12,2: »... Gyges, den auch Archilochos von Paros, der zu der gleichen Zeit lebte, in einem iambischen Trimeter [fr. 25] erwähnt hat.«).

Der Scholiast zu Aischylos, *Prometheus* 224 weist auf das erste griechische Vorkommen des Wortes *tyrannis* in unserem Gedicht hin.

26 Wegen der Erwähnung des Gyges in fr. 25 allgemein auf diesen Lyderkönig bezogen.

27 Nach Hesychios bedeutet das Adjektiv *lipernés* »vom Land in die Stadt geflohen«, »landflüchtig«. LSJ (Liddell, Scott, Jones, A Greek-English Lexicon) geben als Übersetzungen »poor, forlorn, outcast«. Vielleicht ist es aber eher im Sinne Schadewaldts zu fassen (1989, S. 104): »*lipernés* kommt wohl von der Vorstellung eines Baumes, dem die Äste abgehauen sind, so sieht er also die Bürger dastehen, die er anredet.« (Vgl. *ernos*: Sproß, Zweig.)

28 Die beiden Verse werden als Beispiel für das Polyptoton (Wiederholung eines Wortes in verschiedenen Formen) zitiert.

Archilochos verulkt offenbar einen politischen Gegner, der von seinen Landsleuten auf den Schild gehoben worden ist. Die tiefe Ironie der vierfachen Wiederholung des sprechenden Namens – Leophilos heißt »Volksfreund« – ist deutlich. Anderswo nicht bezeugt, war »Leophilos« vielleicht bloß ein Spitzname.

29 In der anonymen Schrift »Vom Erhabenen« 10,6-7 wird rühmend ein Ge-

dicht des Archilochos erwähnt, das von einem Schiffbruch handelt. Bei diesem Unglück ertranken mehrere seiner parischen Mitbürger, darunter sein Freund und Schwager Perikles. Darauf beziehen sich außer fr. 29 (in Form einer Trostparainese) wahrscheinlich auch die fr. 30, 32, 33, 34 und 31. Vgl. fr. 75, wo Archilochos Perikles für sein Parasitentum tadelt. Er ahnt, daß das Handeln der Götter nicht so völlig willkürlich ist, wie es den Anschein hat. Es gehorcht wenigstens vage einem Gesetz, dem des Wechsels: Es gibt einen »Rhythmus«, der das menschliche Dasein regelt (vgl. fr. 39). Und gegenüber der unabänderlichen Not weiß der Dichter ein Heilmittel, das die Götter selbst schenken (V. 6): die *kratere tlemosyne*, »la fermeté d'un cœur endurant« (Bonnard).

30 Nach Plutarch meint Archilochos an dieser Stelle mit Hephaistos nicht den Gott (des Feuers), sondern metaphorisch die Flammen des Scheiterhaufens. Das Vernichtungswerk des Feuers, das in einer Art Oxymoron als hegendes Umsorgen empfunden wird, ist dem Ausbleiben der »üblichen Bestattung«, das heißt dem trostlosen Versinken in den Fluten des Meers, auf jeden Fall vorzuziehen. Die beiden Verse sind außer bei Plutarch auch in einem 1956 veröffentlichten Papyrus überliefert (Papyrus Oxyrhynchus XXIII, nr. 2356).

Auch 30, 3-4 hat uns Plutarch überliefert. Er deutet die Verse falsch, da er heraushebt, der Dichter »kämpfe mit Wein und Scherzen gegen die Trauer an«. Gemeint ist aber, daß angesichts der Unwiderruflichkeit des Todes jedes menschliche Verhalten, ob Trauer, ob Freude, gleich belanglos ist.

32 Nicht zur Bestattung der an Land gespülten Leichen fordert Archilochos auf – wie die Zeile a prima vista aufgefaßt werden könnte –, sondern dazu, den Schmerz in der Brust zu verbergen. Darin, im Verbergen des Schmerzes, besteht die »starke Beherrschtheit«, die *tlemosyne* (vgl. fr. 29, 6).

35 *Tyche:* »Treffen, Zufall, Glück, Unglück«, alles, was den Menschen »trifft«. Als Person ist Tyche bei Hesiod, *theogonia* 360 Tochter des Okeanos, bei Pindar, *Olympien* XII 1 f. Tochter des Zeus. Homer kennt Tyche nicht. In der Neuen Komödie spielt sie eine große Rolle.

Moira: Grundbedeutung: »Teil, Portion, Anteil«. Die Gesamtheit dessen, was dem Menschen zuteil wird, sieht dieser auch als persönliche Gottheit (Moira) an. Hesiod und die Späteren kennen drei Moiren: Klotho, die Spinnerin des Lebensfadens, Lachesis, die das Los zuteilt, und Atropos, die

Unabwendbare, die den Lebensfaden abschneidet. Der Glaube an drei Schicksalsgöttinnen, wie Hesiod ihn vertritt, stand bei den Griechen in Konkurrenz zu der aus Homer und andern Dichtern geläufigen Vorstellung von nur einer Moira, dem Schicksal.

36 Anfang eines Gedichts, von dem uns acht auch auf einem Papyrus überlieferte Zeilen erhalten sind. Vorbild dieses Gedichteingangs dürfte Homer, *Odyssee* 14, 228 gewesen sein. Odysseus nennt, während er dem Sauhirten Eumaios seine Pseudobiographie auftischt, die Schiffe und die Kriege, die andern grausig sind, als seine bevorzugten Interessen: »Erfreut sich doch der eine Mann an diesen, der andere an anderen Werken.« Aber während Homer diese Eigenart des Menschen als von den Göttern gegeben darstellt, läßt sie Archilochos der menschlichen Natur entspringen. Aus späterer Zeit vgl. Euripides, fr. 560 N.[2]: »aber der eine hat mehr Freude an diesem, der andere an jenem.«

In den Zeilen 6 und 7 von fr. 36 läßt sich der Gedanke fassen: »... denn Zeus, der Vater der Olympier, (gab) mir .../... machte mich tüchtig unter den Menschen.«

37 Es besteht eine enge Beziehung zu einer Stelle bei Homer, *Odyssee* 18, 130 ff., an der Odysseus dem Freier Amphinomos, der auf sein Glück getrunken hat, eine versteckte Warnrede hält:

»Nichts Brüchigeres nährt die Erde als den Menschen,
unter allem, was auf Erden atmet und wandelt.
Nie, meint er, werde er später ein Unheil erleiden,
solange die Götter Gedeihen schenken und sich seine Knie regen.
Aber wenn auch Trauriges die seligen Götter vollenden,
trägt er auch das, widerwillig mit bekümmertem Gemüt.
Denn immer nur so ist der Sinn der Menschen auf Erden,
wie jeweils den Tag heraufführt der Vater der Menschen und der Götter.«

Während der Wesenskern der Tiere unveränderbar ist, ist der Mensch immer nur das, was die Erfahrungen des Tages aus ihm machen: ein stolzes und sich unangreifbar wähnendes oder ein – nolens volens – sich fügendes Wesen. Ganz anders wird später die Konzeption Theophrasts in seinen »Charakteren« sein, deren unwandelbares Gepräge keiner Veränderung mehr zugänglich ist.

1955 veröffentlichten französische Archäologen die von ihnen entdeckte Inschrift vom Grabmal von Archilochos' Freund *Glaukos* aus dem 7./6. Jh.

v. Chr. Sie stammte von einem Kenotaph auf der Agora der Stadt Thasos auf der gleichnamigen Insel. Sie lautet: »Des Glaukos Grabmal bin ich, des Sohnes des Leptines. Errichtet haben mich die Söhne des Brentes.« Die Grabinschrift ist als einziges unmittelbares Zeugnis aus der Zeit unseres Dichters besonders wertvoll. Glaukos scheint auf Thasos als Heerführer oder Kolonisator großes Ansehen genossen zu haben. Er wird in unserer Auswahl noch in den fr. 7 und 44 genannt.

38 Der erste Vers ist korrupt; wir ziehen die Konjektur von Wilamowitz *reia panta* bzw. *rei' hapanta* (Diehl) der Lesart *tithei ⟨t⟩a panta* (Grotius) vor, die meint, man solle den Göttern alles anheimstellen.

Archilochos scheint sich hier auf das berühmte Prooimion von Hesiods *Erga* zu berufen. Nach dem Willen des Zeus sind dort die sterblichen Männer berühmt oder ruhmlos, »denn leicht (*reia*) macht er stark, und leicht zermalmt er den Starken,/ leicht stutzt er den klar Sichtbaren und den Verborgenen mehrt er,/ leicht richtet er gerade den Krummen und den sehr Mannhaften läßt er schrumpfen: Zeus, der hochdonnernde...« (V. 5-8).

Das Thema der Unbeständigkeit des menschlichen Lebens ist zentral für das Denken und Empfinden des Archilochos (vgl. fr. 29, 39, 63). Die Unsicherheit des Einzellebens wird als elementar empfunden. Erhebung und Sturz erfolgen ausschließlich nach dem Willen der Götter, unabhängig von Verdienst und Schuld des Menschen. Die Feststellung göttlicher Willkür entfacht im Dichter keine Revolte, aber auch an eine Theodizee denkt er nicht. Die erste Maxime der archilochischen Moral ist es, die Dinge zu nehmen, wie sie sind, ohne Resignation, ohne Verzweiflung.

39 Nichts ist im Leben gewiß und besitzt Festigkeit. Alles scheinbar Festgefügte kann sich jederzeit auflösen (vgl. fr. 38). Diese Instabilität hat auch ihr Gutes. Sie garantiert den Umschwung der Verhältnisse, die Möglichkeit des Schicksalswechsels, was Archilochos den Mut zum entschlossenen Widerstand und Gelassenheit einflößt.

Archilochos fordert seinen *thymos*, seinen »Mut« (Schadewaldt) oder sein »Herz« (Treu) auf, das Gesetz zu erkennen, unter dem alle Menschen stehen, den Rhythmos, das Auf und Ab, das Widerspiel von Triumph und Niederlage. Mit gesetzmäßiger Gewißheit wie bei Wogental und Wogenkamm folgt auf eine Phase der Depression wieder eine Zeit des Glücks. Diese Einsicht verhilft Archilochos – und uns? – zu Gelassenheit und Gleichmut in den Stürmen des Lebens.

Vorbild dieser berühmten Verse dürfte das kurze Selbstgespräch des Odysseus gewesen sein, als er, unerkannt in seinem Palast, die Mägde hin zum Lager der Freier eilen sieht (Homer, *Odyssee* 20, 18-21):

»Halte aus, Herz! Anderes, noch Hündischeres, hast du einst ertragen,
an dem Tage, als mir der Kyklop, unwiderstehlich an Kraft,
die starken Gefährten verzehrte. Du aber hieltest aus, bis dich
ein kluger Plan
aus der Höhle führte, der du schon wähntest, daß du sterben müßtest!«

40 Die Zugehörigkeit zum gleichen Jambos wie fr. 39 ergibt sich mit Sicherheit aus Aristoteles' Zitat (politica 7, 6 p. 1328a3). Kritias schreibt (fr. 44 [II p. 396 Diels-Kranz]), daß Archilochos, nach Thasos gekommen, »sich mit den dortigen Leuten verfeindete« und »daß er gleichermaßen die Freunde und die Feinde schmähte« (vgl. fr. 75). Der Dichter scheint ein stark cholerisches Temperament gehabt zu haben.

41 Diese Maxime, die wir auch aus der Tragödie kennen (z. B. Aischylos, *Choephoroi* 123; *Hepta* 1049) und die bei den Griechen bis Sokrates als Tugend galt, ist uns für Archilochos auch durch einen Papyrus bezeugt (Papyrus Oxyrhynchus XXII [1954], nr. 2310 fr. 1, 14 f.): »Ich verstehe sehr wohl zu lieben den, der liebt,/ den Feind zu hassen und zu schmähen (?).« Erst die christliche Lehre verkündete die Umkehrung dieser alten Vergeltungsethik: »Ihr habt gehört, daß gesagt worden ist: Du sollst lieben deinen Nächsten und hassen deinen Feind. Ich aber sage euch: Liebt eure Feinde ...« (Matthäus 5,43 f.).

Diese Fähigkeit zu maßlosem Haß ist hier wie eine Art Lebensmotto ausgesagt.

Die Lesart der codd. *deinois*, von Lasserre und West beibehalten, verstärkt die Aussage noch: »... es heimzuzahlen mit *furchtbarem* Leid.«

42 Dies sagt Archilochos klar von sich selber aus: er ist auch so ein Igel, der sich in sich selbst zusammenrollt und seine Stacheln in alle Richtungen spreizt. Er mag nicht viele Künste haben, aber diese eine versteht er.

Nach Zenobios erinnert sich hier Archilochos an eine sprichwörtliche Redensart, die sich u. a. bei Homer finde. Damit kann nur der »Margites« gemeint sein, ein Homer zugeschriebenes komisches Epos aus dem 7. Jh. v. Chr. Von diesem antiken Dümmling hieß es u. a.: »Vielerlei Werke verstand er, aber alle verstand er schlecht.«

43 Der Kampf ist für Archilochos eine Notwendigkeit, die den physischen

Trieben vergleichbar ist. Athenaios, der die Passage zitiert, führt sie ein mit den Worten: »Denn der Durst flößt allen ein starkes Verlangen nach ungewöhnlichem Genuß ein.« Für den Dichter bedeutete »kämpfen« (mit Worten, aber auch mit dem Schwert) elementares Bedürfnis und höchsten Genuß.

44 Mit den »Felsspitzen von Gyrai« sind wohl die Felsen an der Südküste der Kykladeninsel Tenos gemeint, die zwischen Andros und Mykonos liegt. Im Cicero-Brief ad Att. 5,12 scheint eine Anspielung auf unsere Archilochos-Stelle vorzuliegen.

Wahrscheinlich sind diese Verse keine Allegorie für politische Verhältnisse, wie antike Erklärer meinten. Alkaios (46a D.) ist der erste (später Horaz, *Oden* I 14), der das allegorische Bild vom Staatsschiff verwendet.

Hier soll sich der Blick des Glaukos (vgl. fr. 7; 37) auf den stürmischen Wogengang und auf den bedrohlichen Wolkenturm richten, die verheerenden Sturm ankündigen. Aus der Ungewißheit steigt Schrecken auf.

45 Der Vers wird zitiert als Nachbildung von Homer, *Ilias* 9,116: Nestor hält im Rat der Männer Agamemnon den Raub der Briseïs vor, wodurch er Achilleus schmählich entehrte. Agamemnon antwortet darauf (9,115 f.): »Alter, nicht unwahr hast du meine Verblendung geschildert:/ Ja, ich ließ mich betören und leugn' es auch nicht...«

46 Ein starkes Zeugnis seines Autonomiebewußtseins. Der Maßstab für das Selbstwertgefühl ist nicht mehr fremdbestimmt. Inhaltlich vergleichbar ist Papyrus Oxyrhynchus XXII (1954), nr. 2310, fr. 1, 8 f.: »Frau, vor dem Gerede von seiten der Menschen zittere nicht!« Ein Nachklang von fr. 46 vielleicht bei Aischylos, *Agamemnon* 937 f. Klytaimestra: »Nicht hege vor der Menschen Tadel du nun Scheu!« Agamemnon: »Die Stimme, die das Volk erhebt, hat große Macht!« (Übers. O. Werner, München ^{2}1969).

47 Der Dichter rühmt sich seiner Kunst, den Dithyrambos, das Festlied, das die Taten und Schicksale des Weingottes Dionysos preist, anstimmen zu können, wenn der Wein wie ein Donnerschlag in sein Inneres gefahren ist. Nach Aristoteles (poetica 4 p. 1449a 10) sind die improvisierten Texte, die die Chorführer in die Dithyramben eingefügt hätten, die Keimzelle des Tragödiendialogs gewesen.

Einer der 1949 auf Paros gefundenen, heute als *Monumentum Archilochium* bekannten Schrifttafeln entnehmen wir (E_{I}, Kolumne III), daß Archilochos zu Ehren des Dionysos ein Lied improvisiert und mit einigen

Bürgern einstudiert habe. Weil das Lied zu spöttisch gewesen sei und den Gott beleidigt habe, wurde er vor Gericht zitiert und verurteilt. Darauf hätten durch den Zorn des Gottes die parischen Männer die Zeugungsfähigkeit eingebüßt, bis auf Geheiß des delphischen Orakels Archilochos' Unschuld anerkannt und seine Ehre wiederhergestellt worden sei.

48 Bakchos ist ein anderer Name für Dionysos, Verkörperung der Naturkraft, Gott der Verwandlung, des Rausches und des wilden Taumels. Der Wein, das Theater und das Maskentreiben im Vorfrühling sind mit seinem Namen verbunden. Der orgiastische Kult der Bakchosfeiern wurde nachts in den Bergen und Wäldern mit Fackellicht und Musik, hauptsächlich von Frauen, gefeiert.

49 *Paian*: Ursprünglich und noch bei Hesiod fr. 194 Rzach[3] eine eigene Gottheit (»Paieon, der Heilmittel für alle[s] weiß«), die später mit Apollon, Asklepios u. a. gleichgesetzt wurde, andrerseits ein meist an Apollon gerichteter Bitt-, Dank- und Sühnegesang vorwiegend im kultischen, dann aber auch im militärischen und sympotischen Bereich. Besonders vor der Schlacht und nach dem Sieg stimmte man den Paian an.

Dieser Vers des Soldaten Archilochos könnte darauf hinweisen, daß dies schon zu seiner Zeit der Fall war. In klassischer und späterer Zeit ist unter Paian die neben dem Dithyrambos (vgl. Erl. zu fr. 47) wichtigste Form griechischer Chorlyrik zu verstehen.

Von der Überlegenheit lesbischer Sänger spricht Sappho fr. 115 D: »So wie der Sänger aus Lesbos, die andern weit überragend.« Aristoteles hat in der Schrift vom Staate der Lakedaimonier (fr. 545 Rose) diesen Vers auf Sapphos (älteren) Landsmann Terpandros bezogen, der die alte viersaitige Leier zur siebensaitigen umgestaltet und in Sparta eine Musikschule gegründet haben soll.

Unser Vers ist »ein Zeugnis für die bedeutende Rolle lesbischer Musik in früher Zeit« (Treu, S. 223 f.).

50 Die Sammlung der Archilochos-Gedichte gliederte sich offenbar in drei Teile (vgl. Theokritos epigramma 21): Jamben, Elegien und (Chor-)lyrische Dichtung. Von dieser ist nur ganz wenig erhalten, u. a. ein Vers aus einem Demeterlied; ein Scholion zu Aristophanes, *aves* 1764 teilt uns mit, Archilochos habe auf Paros mit einem Hymnos auf Demeter einen Sieg errungen.

Kore (Persephone), die Tochter der Demeter, ist ebenso wie diese eine

Vegetationsgöttin; der Kult beider ist eng miteinander verbunden. Zu diesem gehörten auch Dionysos-(Bakchos-)Lieder, trat doch Bakchos im Mysterienkult der Demeter unter dem Namen Iakchos der Kore als Bruder und Bräutigam zur Seite. Die Demeter-Dionysosmysterien waren der Mittelpunkt des religiösen Lebens auf Paros. Von väterlicher Seite her gehörte Archilochos zum parischen Priestergeschlecht, das den Dienst der (kabirischen) Demeter versah.

51 Philodemos, *de musica* p. 44 führt das Fragment mit der Feststellung ein, daß »das Lied Aufstände und Aufruhr zum Schweigen bringen könne, wie es bei den Menschen und den Tieren deutlich werde, die zur Ruhe kommen«. Die geradezu magische Wirkung des Liedes auf Mensch, Tier und Götter ist eindrücklich dargestellt in der I. Pythischen Ode Pindars, V. 1 ff. Daraus die V. 12 f.: »Deine (der goldenen Leier Apollons) Zauberklänge berücken auch den Sinn der Götter durch die Kunst des Letosohnes (= Apollons) und der tiefgegürteten Musen« (Pindar, Oden, übers. und hrsg. v. E. Dönt, Stuttgart 1986).

52 Bei der Wiedergabe seines Herakles-Hymnos wußte der Dichter die Partie des fehlenden Kitharoden durch einen sprachlichen Ausdruck (ténella) nachahmend zu ersetzen (vgl. Schol. Pindar, *Olympien* IX 1a, b). Das »Lied« oder der »Hymnos« auf Herakles wurde noch zu Pindars Zeiten (ca. 520–445 v. Chr.) in Olympia zur Siegerehrung gesungen.

Iolaos: Neffe und treuster Gefährte und Wagenlenker des Herakles, erster Olympionike. Er ist an den meisten Abenteuern des Herakles beteiligt.

53 Zu ergänzen: »begehre ich«. Archilochos war mit Neobule, einer Tochter des Lykambes, verlobt. Später hat Lykambes seine Zusage widerrufen, so daß Archilochos seine Braut einbüßte. Das hat ihn tief verletzt. Man erzählte sich, daß sich die zwei (oder drei) Töchter des Lykambes – oder Lykambes selber – wegen der Schmähungen des Dichters das Leben genommen hätten. Nach Treu (S. 199) ließe sich aus unserem fr. »folgern«: »Als Ersatz für die erst versprochene, dann verweigerte jüngere Tochter Neobule hätte Lykambes dem Dichter die ältere Tochter angeboten, die der aber nicht wollte.« Ich ziehe die Deutung vor: »Die und keine andere auf der ganzen Welt.«

Bonnard faßt das Adjektiv *oien* als »verlassen, übriggelassen« auf: »restée seule, la fille cadette de Lycambe«.

54 Die der überlieferten Lesart *cheira* (Akk.) folgende Übersetzung lautet in

der Regel: »Wollte mir doch zuteil werden, die Hand der Neobule zu berühren« (u. a. Schadewaldt, 1989, S. 112). Zu Recht hebt Bonnard hervor, daß das verwendete Verb den Genitiv verlangt. Entweder ändert man die Lesart mit Elmsley wie in unserer Ausgabe oder faßt *cheira* als Subjektsakkusativ im a.c.i. auf in der Bedeutung »Arm«: »Ah! je voudrais que mon bras pût étreindre Néoboulé...« Lasserre-Bonnard lassen fr. 62 unmittelbar auf fr. 54 folgen; auf deutsch: »Ach, ich möchte, daß mein Arm Neobule umschlingen könnte,/und daß ich tatendurstig hinstürze...«

55 Nach Auskunft des Synesios, des Bischofs von Kyrene (ca. 370-413), ist das schöne Bild des Mädchens, das Myrtenzweig und Rose in den Händen hält und dem das Haar Schultern und Rücken beschattet, nach einer Hetäre gezeichnet. Schadewaldt (1989, S. 111) glaubt, daß Neobule gemeint sei.

Die beiden Fragmente hat Bergk vereinigt.

56 Myrrha – Lehnwort aus dem Semitischen – diente als Harz des Myrrhenbaumes bei allen orientalischen Völkern und dann bei den Griechen und Römern als sakrales wie profanes Räuchermittel; das aus ihr gepreßte Öl wurde zu allerlei kosmetischen Mitteln verarbeitet. Zu überlegen ist mit Fränkel (1962, S. 161), ob sich »von Myrrhen duftend« nur auf die Haare bezieht: »myrrhengesalbtes Haar, und eine Brust, die einen Greis entflammen kann.« Nach Schadewaldt (1989, S. 111) wiederum über Neobule ausgesagt.

Vgl. die Wirkung der Helena auf die Ältesten der Troer bei Homer, *Ilias* 3, 149 ff.

57 Bonnard betont, daß dieses fr. die einzige auf uns gekommene Stelle der griechischen Literatur ist, die vor Sappho, und mit der gleichen Offenheit und Kraft, die Qual des Liebesverlangens ausdrückt (vgl. Sappho fr. 50 D., 137 D.).

odyne ist stärker als *algos* und bezeichnet einen starken, stechenden Schmerz.

58 »Gliederlösend«, bei Homer Beiwort des Schlafs (z. B. Homer, *Odyssee* 20, 57), heißt hier dem Dichter die Ohnmacht des Verlangens, das den Menschen bezwingt, wie schon Hesiod den Eros »gliederlösend« genannt hat (*theogonia* 121, 911) und Sappho (fr. 137 D.) ihn wieder nennen wird.

Lasserre läßt diesem Vers fr. 34 folgen: »Und weder Jamben noch Genüsse liegen mir im Sinn.« Er geht dabei von Horaz, *Epode* 11 aus, wo es V. 1 f. heißt: »Petti, nihil me sicut antea iuvat/scribere versiculos amore percussum gravi.« Treu hält diese Ähnlichkeit eher für zufällig.

59 Die in fr. 38 ausgesprochene Möglichkeit, daß sich das Schicksal zum Guten wendet, erfährt in diesem schwer zu deutenden Papyrusfragment ein Mann – vermutlich der Dichter selbst – durch eine Frau, deren Errettung aus Gefahr er als Werk einer Gottheit deutet, die ihn aus seiner Einsamkeit erlösen wollte. Die Zeilen 38 f., mit denen das fr. endet, sind für uns das älteste Zeugnis für den symbolischen Gebrauch des Wortpaares Licht–Dunkel im Griechischen (vgl. Treu, S. 165).

60 Die widerspruchsvolle Art der Frau – wir wissen nicht, wen Archilochos hier meint – kann die Glut des Mannes entfachen und ersticken.

61 Mit derselben Direktheit wie alles andere schildert Archilochos auch die Wirkungen seines erotischen Treibens. Von daher wird der Vorwurf des Kritias (fr. 44 [II p. 396 Diels-Kranz]) verständlich, der Dichter habe sich selbst am meisten geschmäht und sei »ein Lustmolch und unverschämter Kerl« gewesen.

62 Archilochos übernimmt eine dem Typus nach vergleichbare Nebeneinanderstellung von Substantiven in einer Kampfschilderung: »Schild drängte den Schild, Helm Helm und Mann den Mann...« (vgl. Homer, *Ilias* 13, 130 f.) und überträgt sie hier auf die Sphäre des erotischen Kampfs.

63 Es handelt sich möglicherweise um die totale Sonnenfinsternis auf Thasos am 6. April 648 v. Chr., um 9 Uhr 54. Damit haben wir vielleicht das sicherste Datum der ganzen frühen Literaturgeschichte. Die Daten für die Regierungszeit von König Gyges (ca. 687-652) bestätigen diese Datierung (vgl. fr. 25). Dagegen meint der Engländer A. Blakeway in einer Abhandlung von 1936, es sei nicht diese Sonnenfinsternis gewesen, sondern die vom 14. März 711, um 10 Uhr 16. Das von Schadewaldt (1989, S. 83 ff.), Lesky (Griech. Literaturgeschichte, ³1971, S. 135) u. a. als sicher angenommene Datum von 648 relativiert Bonnard trocken mit der Feststellung: »Mais, pour parler d'une éclipse, faut-il vraiment qu'un poète l'ait contemplée?« [S. XXV]. Nirgends erkläre der Dichter, die Sonnenfinsternis selber gesehen zu haben.

Nach Aristoteles (rhetorica 3,17 p. 1418b 28) läßt hier Archilochos tadelnd »den Vater über die Tochter sprechen«. Man nimmt an, daß »der Vater« Lykambes war, der Neobule schmäht (vgl. Erl. zu fr. 53). Diese Auffassung wird durch einen Papyrus fast sicher gemacht, der von einem Archenaktides spricht, wohl den andern Bewerber um die Tochter (Papyrus Oxyrhynchus XXII [1954], nr. 2313 fr. 1a).

In den Worten, die der Dichter dem Lykambes in den Mund legt, spiegelt sich aber doch seine eigene Erschütterung darüber, daß das Unmögliche, Undenkbare in Natur und Menschenleben möglich geworden ist. Im Kosmos wie unter den Menschen gibt es künftig keine Berechenbarkeit und keine Zuverlässigkeit mehr.

Die Figur des Adynaton (der Begriff »niemals« wird durch das Eintreten einer »Naturunmöglichkeit« konkretisiert) ist auch sonst in der griechischen und römischen Literatur nicht selten zu finden: Euripides, *Medea* 410; Vergil, *Ekloge* I 59-62; am berühmtesten ist wohl die Nachbildung bei Ovid, *Metamorphosen* 1, 300 ff.

64 Bonnard übersetzt: »Zeus souverain, j'ai été frustré du repas de noces.«

65-68 Zwar liegt bei Archilochos noch nicht eine eigentliche Fabeldichtung vor, wie sie später im Hellenismus aufkommt, sondern die Fabel, die es im Volkstümlichen natürlich längst gab, wird in die Dichtung als Instrument der Invektive integriert. Bei Archilochos finden wir mehrere Bruchstücke von Fabeln, darunter die Fragmente zur Fabel vom Adler und Fuchs (fr. 65-68). Aus Aesop (fabulae 1 [I] Hausrath) können wir uns den Inhalt klarmachen: Ein Adler und ein Fuchs schlossen Freundschaft und kamen überein, nahe beieinander zu wohnen: der Adler nistete auf einem hohen Baum, der Fuchs hatte darunter seinen Bau. Als einmal der Fuchs fortgegangen war, Futter zu holen, holte sich der Adler die jungen Füchse und warf sie seinen Jungen zum Fraße vor. Als der Fuchs zurückkehrte und sah, was geschehen war, war er mehr noch als über den Tod seiner Jungen über seine Ohnmacht betrübt: denn als Tier, das auf der Erde lebt, konnte er gegen den Räuber nichts ausrichten. Es blieb ihm – wie allen Schwachen und Wehrlosen – nur, daß er ihn verfluchte, was immer zugleich ein Gebet zu den Göttern ist. Zeus erhörte das Flehen: bald darauf schnappte sich der Adler von einem Altar ein noch glühendes Stück Opferfleisch. Das trug er ins Nest, im Nu fachte der Wind die Glut an, das Nest fing Feuer, die Adlerjungen fielen zur Erde und der Fuchs fraß sie vor den Augen des Adlers auf.

Aus der Reihe der Fabelbruchstücke 88-95 D. hat unsere Ausgabe die fr. 88 D., 88a D., 94 D., 95 D. aufgenommen (= fr. 65-68).

65 Der Inhalt der Fabel vom Adler und Fuchs bildet eine genaue Parallele zum Wortbruch des Lykambes (vgl. fr. 53). Das Motiv der getäuschten Freundschaft spielt auch in fr. 76 die zentrale Rolle. Auf die einleitende Anrede an den wortbrüchigen »Schwiegervater« wird schnell die Fabel gefolgt sein.

66 Wie Archilochos das Bild von der am Flügel gepackten Zikade gemeint hat, verrät uns Lukian (*Pseudologista* 1,1): Der Parier vergleiche sich selbst mit einer Zikade, die schon von Natur aus und ohne geringsten Zwang zirpfreudig sei, aber noch lauter ihre Stimme ertönen lasse, sobald sie am Flügel gepackt werde. Mit andern Worten: Wer den ohnehin schon spottfreudigen Dichter reizt, wird die Wucht seiner Jamben um so stärker zu spüren bekommen.

Treu bestreitet die Zuweisung dieses Fragments zur Lykambes-Epode mit der Fabel vom Adler und Fuchs.

67 So beginnt das Gebet des Fuchses, daß Zeus den Adler strafen möge; in diesem ergreifenden Anruf, der schon an die Tragödie denken läßt, spürt man, daß der rechtsuchende Fuchs Sprachrohr des in seinem Rechtsempfinden zutiefst gekränkten Dichters ist.

Während bei Archilochos auch für die Tiere die Gebote der Moral gelten, über deren Einhaltung die Götter wachen, sagt Hesiod, *erga* 276 ff., Zeus habe nur den Menschen das Recht geschenkt, bei den Tieren, die das Recht nicht kennen, sei es Brauch und Gesetz, einander aufzufressen, was die Fabel vom Habicht und der Nachtigall kurz zuvor V. 200 ff. gezeigt hatte.

68 Archilochos wirft Lykambes Eidbruch vor. Anwendung der Fabel auf das Verhältnis des Lykambes zu Archilochos.

Beim Ausdruck »Salz und Tisch« (oder »Salz- und Tischgemeinschaft«, Fränkel, 1962, S. 159) liegt eine sprichwörtliche Wendung vor. Origenes leitet das Zitat mit den Worten ein: »Denn wer weiß nicht, daß viele, die Anteil hatten an Salz und Tisch, gegen ihre Herdgenossen Böses im Schild führten?«

69-71 Fr. 70 schloß Elmsley unmittelbar an fr. 69 an, was der Kölner Papyrus 58. 36-40, ed. Merkelbach-West, ZPE 14, 1974, 97 als richtig bestätigt hat (188 W.). Mit der Lesart *ogmois* (Snell) lautete die Übersetzung: »denn schon runzelt sie/von Furchen (Falten)...« In fr. 71, einer eindrücklichen Selbstanalyse des von der dämonischen Kraft der Liebe Überfallenen (vgl. Sappho, fr. 50 D., 137 D.), spräche sich dann, wenn es zum gleichen Gedicht gehört, die einstige überschwengliche Sehnsucht nach der jetzt gealterten Neobule aus. Zum Thema der wegen ihres Alters verhöhnten früheren Geliebten vgl. Horaz, *Epode* 8: »cum... et rugis vetus/ frontem senectus exaret« (V. 3 f.) und *Oden* IV 13: »fis anus; et tamen/ vis formosa videri« (V. 2 f.).

72 Vielleicht zu ergänzen: »wenn sie vernünftiger (oder: »nicht so eitel«) wäre«, oder: »wenn sie etwas Scham hätte«. Bonnard meint, Archilochos verspotte und beleidige hier und in den fr. 69 und 70 (u. a.) die gealterte und verwelkte Neobule. Das Verlangen der Männer wendet sich jetzt ab von dieser alten, aufgedonnerten Kurtisane.

73 Deutung unsicher. Vielleicht gedenkt der Dichter der Zeit, da er, vom Liebestaumel erfaßt, die Waldtäler durchstreifte, um seine Liebste wiederzufinden.

74 Nach der Legende (vgl. Dioscorides, *Anthologia Palatina* 7, 351, wo freilich das Aufhängen nur vom Lemmatisten erwähnt wird; Horaz, *epistulae* I 19,31) sollen sich die Töchter des Lykambes aus Verzweiflung über die gegen sie gerichteten Schmähverse des Archilochos erhängt haben (vgl. Erl. zu fr. 53). Vielleicht bezieht sich das fr. 74 hierauf. Crusius (RE II 494 f.) nennt diese Geschichte ein »Märchen«, ausgedacht, »um die Macht der Jambenpoesie herauszuspinnen«.

75 Nach dem Zitator Athenaios sind diese Scheltworte an Perikles gerichtet (vgl. fr. 29): Dieser sei »ungeladen in die Symposien hineingeplatzt nach Art der Mykonier«. Diese, Bewohner der kargen Kykladeninsel Mykonos, »seien in Verruf geraten, knausrig und habgierig zu sein«. Perikles wird hier vom Dichter vorgeworfen, an einem Eranos, einem Mahl, dessen Kosten von den Teilnehmern gemeinsam getragen wurden, teilgenommen zu haben, ohne sich am Aufwand zu beteiligen. Es war in Griechenland schon zu Homers Zeit und auch später üblich, daß jeder Teilnehmer eines Symposions einen materiellen Beitrag leistete (vgl. Homer, *Odyssee* 1, 226; Hesiod, *erga* 721 f.). Zum Motiv des Bauches, der den Menschen so viel Unheil schafft, vgl. Homer, *Odyssee* 17, 286 ff. oder 7,216 ff.: »Denn da ist sonst nichts Hündischeres außer dem abscheulichen Magen,/ der da treibt, daß man seiner aus Not gedenke,/ und wenn man noch so zerrieben ist und Kummer im Herzen hat.«

76 Ob die beiden 1898 in Kairo erworbenen, der Universitätsbibliothek Straßburg geschenkten »Straßburger Epoden« 79a D., 79b D. und 80 D., bis zu den Funden von 1954 die wichtigsten Papyrusfragmente zu Archilochos, unserem Dichter zuzuweisen sind, ist umstritten. Ein Teil der Forscher schreibt beide Fragmente 79 und 80 Archilochos zu (Reitzenstein, der Herausgeber der editio princeps von 1899; Treu). Andere (Blass, Lasserre, Masson, West) haben beide Stücke Hipponax zuweisen wollen, dessen

Name im Text von 80,3 vorzukommen schien. Eine dritte Gruppe will aus Gründen der Stildifferenz die erste Epode (79a D.) dem Archilochos, die zweite (79b D. und 80 D.) dem Hipponax zuerkennen. Ethos und Sprache bestimmen mich, Archilochos als Autor beider Gedichte anzunehmen. Unsere Ausgabe enthält nur 79a D. (unser fr. 76), weil der Inhalt von 80 D. und erst recht von 79b D. in vielem dunkel bleibt. Horaz, *Epode* 10, ist eine freie Nachbildung der ersten Straßburger Epode (79a D.).

Während antike Dichter ihren Freunden ein Geleitgedicht (Propemptikon) auf eine lange und gefährliche Seereise mitzugeben pflegten, liegt hier ein verkehrtes Geleitgedicht, sozusagen ein »Katapemptikon« vor. Archilochos wünscht jemandem Schiffbruch an der gefährlichen Küste von Salmydessos am Schwarzen Meer, dessen Bewohner die Schiffbrüchigen auszurauben pflegten. Langsam und verstohlen wie eine Raubkatze schleicht sich das Verwünschungsgedicht an das Opfer an, um es, im letzten Vers, mit einem Prankenhieb zu vernichten: »und war doch früher mein Freund!« (vgl. fr. 40).

77 Unsere Sammlung beschließen zwei Zitate aus dem sog. Kölner Papyrus, der 1974 zum ersten Mal von Reinhold Merkelbach und Martin L. West in der *Zeitschrift für Papyrologie und Epigraphik* Bd. 14/1974, S. 97-112 publiziert wurde. Es handelt sich um die letzten 35 Verse eines Gedichts, von denen bisher kein einziger durch anderweitige Überlieferung bekannt war. Der Papyrus, der sich im Besitz des Instituts für Papyrusforschung der Universität Köln befindet, stammt aus einer wohl in der ersten Hälfte des ersten Jahrhunderts n. Chr. geschriebenen Rolle, die die Epoden des Archilochos enthielt.

Während M. L. West die Autorschaft des Archilochos für das neue Gedichtfragment durch überzeugende Argumente stilistischer und inhaltlicher Art gewährleistet sieht, ist es für Th. Gelzer sehr unwahrscheinlich, daß Archilochos der Autor des Kölner Papyrus ist. Allerdings seien die Verse offensichtlich mit der Absicht verfaßt, daß sie so aussehen sollen wie ein Gedicht des Archilochos. Wie Gelzer glaubt auch W. Theiler, daß das neue Gedicht erst in späthellenistischer Zeit entstanden sei.

Für den Kölner Papyrus 196a West muß Archilochos zwingend als Autor angenommen werden. Große Beweiskraft hat die Zitierung von sechs Wörtern des Gedichts in Hesychios' Lexikon (5. oder 6. Jh. n. Chr.). Auf

Echtheit weist auch die Tatsache, daß die 35 Verse zusammen mit dem Anfang eines zweiten Gedichts, dessen zwei Anfangsverse bereits aus andern Quellen bekannt und als von Archilochos stammend bezeugt waren (fr. 188 W.), im Papyrus enthalten sind. Nichts in Sprache, Stil und Inhalt spricht gegen Archilochos als Autor.

Archilochos erzählt in Ich-Form von einem Zwiegespräch zwischen sich und einem jungen Mädchen auf einer Blumenwiese, in dem er das Mädchen mit Argumenten und Komplimenten dazu bringt, ihm die Befriedigung seines Verlangens zu ermöglichen. Das Mädchen, das im Gedicht die Partnerin des Dichters ist, ist Neobules jüngere Schwester, deren Charakter und Schönheit deutlich abgesetzt sind gegen die »treulose und doppelzüngige« Neobule, die »schon längst überreif ist« und deren »jungfräuliche Blüte dahin ist und die Anmut, die sie früher besaß«. Von ihr will der Dichter jetzt nichts mehr wissen, obwohl sie sich nun »sehr nach der Hochzeit sehnt«.

Interessant ist die These von H. Flashar/K. Maurer, es handle sich im Gedicht um die Darstellung eines Pollutionstraumes, der im Augenblick des »Kraft-Ablassens« sein Ende im Erwachen findet. Nach R. Merkelbach schildert der Dichter eine Vergewaltigung, nach M. L. West eine Verführung mit einem coitus interruptus, nach L. Koenen eine ganz natürliche Liebesvereinigung. Zu fragen ist auch, ob der Dichter hier eine persönliche Erfahrung gestaltet hat oder ob es sich um eine poetische Fiktion handelt. –

V. 9: »von der Göttin«: Aphrodite. V. 10: »außer der göttlichen Sache«: außer der geschlechtlichen Vereinigung.

Hinweise zur Edition und Übersetzung

Während die wissenschaftlichen Ausgaben seit der Antike die Gedichte des Archilochos nach metrischen Prinzipien ordnen – Elegie, Trimeter, Tetrameter, Epoden –, stellt die hier vorliegende Sammlung die Gedichte nach inhaltlichen Kriterien zusammen. Indem sie motivgleiche und -ähnliche Fragmente nebeneinanderstellt, will sie erreichen, daß diese sich gegenseitig ergänzen, erhellen oder kontrastieren, wie dies in Ausstellungen durch das bewußte Nebeneinander- oder Gegenüberstellen von Kunstobjekten angestrebt wird. Die Insel-Ausgabe hat von den rund 300 – oft kleinen und kleinsten – Bruchstücken 77 ausgewählt, die dem interessierten Laien ein deutliches, wenn auch nicht vollständiges Bild von Werk und Welt des Begründers der persönlichen Lyrik des Abendlandes ermöglichen sollen.

Auf die Wiedergabe der Versmaße im Deutschen wurde verzichtet, um in einer »dokumentarischen« *Prosaübertragung* eine möglichst unverfälschte Vorstellung der archilochischen Bilder und Gedanken zu vermitteln. »Dokumentarisch« heißt: Die Übertragung strebt Vollständigkeit an und läßt nichts, was dasteht, weg, fügt (fast immer) nichts hinzu; sie versucht, die ursprünglichen Vorstellungen unverfälscht zu bewahren und ihre Abfolge in der Zielsprache möglichst einzuhalten. Die Wahl der Prosaform läßt sich auch insofern rechtfertigen, als der volkstümliche jambische Vers, den Archilochos als das passendste Metrum für seine Invektiven fand, »unter allen Versen der zum Sprechen geeignetste« ist (Aristoteles, *poetica* $1449^{a}24$); »ein Beweis hierfür ist«, fährt Aristoteles fort, »daß wir in der Konversation des Alltags sehr oft in Jamben reden«.

Als Textgrundlage diente die Ausgabe von Ernst Diehl (= D.), obwohl heute meist nach dem Text von Martin L. West (= W.) zitiert wird. Unsere Wahl liegt darin begründet, daß in vielen älteren, noch immer benutzten Literaturgeschichten und Handbüchern die Fragmente nach Diehls Zählung numeriert werden und daß zweitens die Unterschiede zwischen den beiden Editionen in der Textgestaltung nur wenig ins Gewicht fallen. Die Numerierung der Ausgaben von Diehl und West, im griechischen Text neben unsere Zählung gesetzt, läßt die entsprechenden Fragmente in diesen beiden Editionen leicht finden.

Literaturhinweise

Umfassende kommentierte Literaturangaben in:

Gerber, D. E.: Early Greek Elegy and Iambus 1921-1989, in: Lustrum 33, 1991, S. 7-225. 401-409. Archilochos: S. 18-98.

Ausgaben (Übersetzungen)

Bergk, Th.: Poetae lyrici Graeci, Band II, 4. Aufl. Leipzig 1882 (Neudruck 1915), zitiert: Bgk.

Diehl, E.: Anthologia Lyrica Graeca, Leipzig 1923-1925. 3. rev. ed. von R. Beutler, fasc. 3: iambus, Leipzig 1952 (unveränderter Neudruck 1964).

Franyó, Z.: Frühgriechische Lyriker. Zweiter Teil: Archilochos, Semonides, Hipponax. Deutsch von Z. Franyó und P. Gan, griechischer Text bearbeitet von B. Snell, Berlin ^{2}1981.

Lasserre, F. & Bonnard, A.: Archiloque, Fragments, Paris 1968 (^{1}1958).

Tarditi, G.: Archiloco. Introduzione, testimonianze sulla vita e sull' arte, testo critico, traduzione, Roma 1968.

Treu, M.: Archilochos. Griechisch und deutsch, München 1959, 2. verbesserte Auflage 1979.

West, M. L.: Iambi et Elegi Graeci ante Alexandrum cantati, Oxford 1971-1972. Vol. I (Archilochus, Hipponax, Theognidea). Rev. ed. 1989.

Interpretationen

Neben den Interpretationen, die den Angaben der kritischen Apparate in den genannten Ausgaben zu entnehmen sind, und den vorzüglichen Erläuterungen der Ausgabe von Max Treu, denen unsere Edition viel zu verdanken hat, eröffnen folgende Arbeiten Zugänge zum Werk des Archilochos:

Archiloque. Entretiens sur l'antiquité classique X, Vandoeuvres-Genève 1964.

Bremer, J. M., van Erp Taalman Kip, A. Maria, Slings, S. R.: Some Recently Found Greek Poems. Text and Commentary, Leiden 1987.

Campbell, D. A.: Greek lyric poetry: a selection of early Greek lyric, elegiac and iambic poetry, Bristol 1982 (First published in 1967). – Text griechisch und englisch.

Fränkel, H.: Dichtung und Philosophie des frühen Griechentums, München 1962 (Archilochos: S. 147-170).

Latacz, J.: Archilochos, in: Kleine Enzyklopädie der antiken Autoren. Frankfurt am Main 1996 (Archilochos: S. 35-47).

Pauly, Der Neue: Enzyklopädie der Antike, herausgegeben von H. Cancik und H. Schneider, Stuttgart · Weimar 1996, Band I.

Schadewaldt, W.: Die frühgriechische Lyrik, Tübinger Vorlesungen Band 3, Frankfurt am Main 1989 (Archilochos: S. 81-127).

Snell, B.: Die Entdeckung des Geistes, Kap. IV (S. 83 ff.): Das Erwachen der Persönlichkeit in der frühgriechischen Lyrik, Hamburg ³1955.

Zur *Kölner Epode* (fr. 77; 196a West):

Merkelbach, R. & West, M. L.: Ein Archilochos-Papyrus, ZPE 14, 1974, S. 97-112 (editio princeps).

Gelzer, Th., Theiler, W., Koenen, L., West, M. L., Flashar, H., Maurer, K.: Ein wiedergefundenes Archilochos-Gedicht? Poetica 6, 1974, S. 468-512.

Kramer, B. & Hagedorn, D.: Kölner Papyri 2, Opladen 1978, S. 13-30.

Die Antike
im insel taschenbuch

Apuleius: Der goldene Esel. Mit Illustrationen von Max Klinger zu ›Amor und Psyche‹. Aus dem Lateinischen von August Rode. Mit einem Nachwort von Wilhelm Haupt. it 146

Augustinus: Bekenntnisse. Lateinisch und deutsch. Eingeleitet, übersetzt und erläutert von Joseph Bernhart. Mit einem Vorwort von Ernst Ludwig Grasmück. it 1002

Boethius: Trost der Philosophie. Zweisprachige Ausgabe. Lateinisch und deutsch. Mit einem Nachwort von Ernst Ludwig Grasmück. it 1215

Roberto Calasso: Die Hochzeit von Kadmos und Harmonia. Aus dem Italienischen von Moshe Kahn. it 1476

Catull: Sämtliche Gedichte. Lateinisch und deutsch. Aus dem Lateinischen von Carl Fischer. Mit einem Nachwort von Bernhard Kytzler. it 1736

Epiktet: Wege zum glücklichen Handeln. Aus dem Lateinischen von Wilhelm Capelle. Mit einem Nachwort von Manfred Fuhrmann. it 1458 und Großdruck. it 2359

Epikur: Philosophie der Freude. Briefe, Hauptlehrsätze, Spruchsammlung, Fragmente. Übertragen und mit einem Nachwort versehen von Paul M. Laskowsky. it 1057

Führer durch das klassische Griechenland. Die antiken Texte zur Kunst und zu den Landschaften Griechenlands. Herausgegeben von Hubert Ortkemper. Mit zahlreichen Abbildungen. it 1930

Götter, Spötter und Verrückte. Antike Anekdoten. Herausgegeben von Gerhard Fink. it 1720

Hippokrates: Der Eid des Arztes. Vom Gelöbnis, Leben zu erhalten. Griechisch und deutsch. Neu übersetzt und herausgegeben von Kurt Steinmann. it 1882

Homer: Ilias. Neue Übertragung von Wolfgang Schadewaldt. Mit antiken Vasenbildern. it 153

Ilias. Odyssee. In der Übertragung von Johann Heinrich Voß. it 1204

Horaz: Oden. Lateinisch und deutsch. Neu übertragen von Winfried Tilmann. it 1418

Frauen der Antike. Lexikon antiker Frauen von Aspasia bis Zenobia. it 1898

Bernhard Kytzler / Joachim Latacz / Klaus Sallmann: Lexikon der antiken Autoren. Literarische Porträts von Homer bis Boethius. it 1856

Longus: Daphnis und Chloë. Ein antiker Liebesroman. Aus dem Griechischen übersetzt und mit einem Nachwort von Arno Mauersberger. Mit Illustrationen der »Edition du Régent«. it 136

174/1/12.96

Die Antike
im insel taschenbuch

Marc Aurel: Selbstbetrachtungen. Aus dem Lateinischen von Otto Kiefer. Mit einem Vorwort von Klaus Sallmann. it 1374

Hubert Ortkemper: Olympische Legenden. Geschichten aus dem antiken Olympia. Farbig illustriert von Rolf Köhler. it 1828

Ovid: Liebeskunst. Nach der Übersetzung von W. Hertzberg. Bearbeitet von Franz Burger-München. Mit Abbildungen nach etruskischen Wandmalereien. it 164

– Metamorphosen. In der Übertragung von Johann Heinrich Voß. Mit den Radierungen von Pablo Picasso und einem Nachwort von Bernhard Kytzler. it 1237

Platon: Apologie. Protagoras. Sämtliche Werke I. Ion. Protagoras. Apologie. Kriton. Laches. Lysis. Charmides. Griechisch und deutsch. it 1401

– Euthyphron. Gorgias. Sämtliche Werke II. Euthyphron. Alkibiades I. Gorgias. Menexenos. Griechisch und deutsch. it 1402

– Menon. Kratylos. Sämtliche Werke III. Menon. Kratylos. Euthydemos. Hippias maior. Griechisch und deutsch. it 1403

– Symposion. Phaidon. Sämtliche Werke IV. Hippias minor. Symposion. Phaidon. Griechisch und deutsch. it 1404

– Politeia. Sämtliche Werke V. Politeia. Griechisch und deutsch. it 1405

– Theaitetos. Phaidros. Sämtliche Werke VI. Phaidros. Theaitetos. Griechisch und deutsch. it 1406

– Sophistes. Politikos. Sämtliche Werke VII. Parmenides. Sophistes. Politikos. Griechisch und deutsch. it 1407

– Timaios. Kritias. Sämtliche Werke VIII. Philebos. Timaios. Kritias. Griechisch und deutsch. it 1408

– Nomoi. Sämtliche Werke IX. Nomoi. Griechisch und deutsch. it 1409

– Briefe. Sämtliche Werke X. Briefe. Unechtes. Griechisch und deutsch. it 1410

– Das Trinkgelage oder Über den Eros. Übertragung, Nachwort und Erläuterungen von Ute Schmidt-Berger. Mit einer Wirkungsgeschichte von Jochen Schmidt und griechischen Vasenbildern. it 681

Sappho: Strophen und Verse. Übersetzt und herausgegeben von Joachim Schickel. it 309

Gustav Schwab: Sagen des klassischen Altertums. 3 Bde. Mit sechsundneunzig Zeichnungen von John Flaxman und einem Nachwort von Manfred Lemmer. it 127

Seneca für Manager. Sentenzen. Ausgewählt und übersetzt von Gerhard Schoeck. it 1656

174/2/12.96

Die Antike
im insel taschenbuch

Seneca: Vom glücklichen Leben. Philosophische Schriften und Briefe. Herausgegeben und aus dem Lateinischen übertragen von Heinz Berthold. it 1457

– Von der Seelenruhe. Philosophische Schriften und Briefe. Herausgegeben und aus dem Lateinischen übertragen von Heinz Berthold. it 743

Sophokles: Aias. Übertragen von Wolfgang Schadewaldt. Herausgegeben von Hellmut Flashar. Mit zahlreichen Abbildungen. it 1562

– Antigone. Übertragen und herausgegeben von Wolfgang Schadewaldt. Mit einem Nachwort, einem Aufsatz, Wirkungsgeschichte und Literaturhinweisen. it 70

– Antigone. Übersetzt von Hölderlin. Bearbeitet von Martin Walser und Edgar Selge. it 1248

– Elektra. Übertragen von Wolfgang Schadewaldt. Herausgegeben von Hellmut Flashar. Mit zahlreichen Abbildungen. it 1616

– König Ödipus. Übertragen und herausgegeben von Wolfgang Schadewaldt. Mit einem Nachwort, drei Aufsätzen, Wirkungsgeschichte und Literaturnachweisen. it 15

– Ödipus auf Kolonos. Übertragen von Wolfgang Schadewaldt. Herausgegeben von Hellmut Fischer. Mit zahlreichen Abbildungen. it 1782

Tacitus: Germania. Zweisprachig. Übertragen und erläutert von Arno Mauersberger. it 471

174/3/12.96

Lyrik
im insel taschenbuch

Charles Baudelaire: Die Blumen des Bösen. Übertragen von Carlo Schmid. it 120

Bertolt Brecht: Hauspostille. Mit Anleitungen, Gesangsnoten und einem Anhang. Radierungen von Christoph Meckel. it 617

Wilhelm Busch: Kritisch-Allzukritisches. Gedichte. Ausgewählt und mit einem Nachwort von Theo Schlee. Mit Illustrationen von Wilhelm Busch. it 52

Hans Carossa: Gedichte. Der alte Taschenspieler. it 1461

Catull: Sämtliche Gedichte. Lateinisch und deutsch. Aus dem Lateinischen von Carl Fischer. Mit einem Nachwort von Bernhard Kytzler. it 1736

Friedrich Cramer: Spiel der Synapsen. Gedichte und Prosa. it 1657

Annette von Droste-Hülshoff: Geistliches Jahr. Gedichte. it 1885

– Sämtliche Gedichte. Mit einem Nachwort von Ricarda Huch. it 1092

Joseph von Eichendorff: Gedichte. Mit Zeichnungen von Otto Ubbelohde. Herausgegeben von Traude Dienel. it 255

– Gedichte. In chronologischer Folge herausgegeben von Hartwig Schultz. it 1060

Theodor Fontane: Herr von Ribbeck auf Ribbeck. Gedichte und Balladen. Herausgegeben von Gottfried Honnefelder. it 1446

Gedichte berühmter Frauen. Von Hildegard von Bingen bis Ingeborg Bachmann. Herausgegeben von Elisabeth Borchers. it 1790

Johann Wolfgang Goethe: Erotische Gedichte. Gedichte, Skizzen und Fragmente. Herausgegeben von Andreas Ammer. it 1225

– Gedichte. Sämtliche Gedichte in zeitlicher Folge. Herausgegeben von Heinz Nicolai. it 1400

Goethes Liebesgedichte. Herausgegeben von Hans Gerhard Gräf mit einem Nachwort von Emil Staiger. it 275

– Römische Elegien und Venezianische Epigramme. Herausgegeben von Regine Otto. it 1150

– Verweile doch. 111 Gedichte mit Interpretationen. Herausgegeben von Marcel Reich-Ranicki. it 1775

– West-östlicher Divan. Mit Essays zum ›Divan‹ von Hugo von Hofmannsthal, Oskar Loerke und Karl Krolow. Herausgegeben und mit Erläuterungen versehen von Hans-J. Weitz. it 75

Johann Wolfgang Goethe / Friedrich von Schiller: Sämtliche Balladen und Romanzen in zeitlicher Folge. Herausgegeben von Karl Eibl. it 1275

Karoline von Günderode: Gedichte. Herausgegeben von Franz Josef Görtz. it 809

175/1/12.96

Lyrik
im insel taschenbuch

Johann Christian Günther: Die Gedichte. Herausgegeben von Franz-Heinrich Hackel. it 1702

Heidelberg im Gedicht. Die zwölf schönsten Heidelberg-Gedichte mit Interpretationen. Im Auftrag der Literarischen Gesellschaft Palais Boisserée herausgegeben von Helmuth Kiesel. it 1939

Heinrich Heine: Buch der Lieder. Mit zeitgenössischen Illustrationen und einem Nachwort von E. Galley. it 33

– Deutschland. Ein Wintermärchen. Mit einem Nachwort von Joseph Peter Strelka. Anhang mit Bibliographie und einer Zeittafel. it 723

– Gedichte aus Liebe. In einer Auswahl von Thomas Brasch. it 1444

– Neue Gedichte. it 1055

– Romanzero. Mit einem Nachwort von Joseph A. Kruse und zeitgenössischen Illustrationen. it 538

Hermann Hesse: Gedichte des Malers. Zehn Gedichte mit farbigen Zeichnungen. it 893

– Im Garten. Betrachtungen und Gedichte. Zusammengestellt und mit einem Nachwort von Volker Michels. Mit zahlreichen Abbildungen. it 1329 und it 1816

Mit Hermann Hesse reisen. Betrachtungen und Gedichte. Herausgegeben von Volker Michels. it 1242

– Tessin. Betrachtungen, Gedichte und Aquarelle des Autors. Herausgegeben von Volker Michels. it 1494

Friedrich Hölderlin: Gedichte. Herausgegeben und mit Erläuterungen versehen von Jochen Schmidt. it 781

– Die schönsten Gedichte. Ausgewählt und mit einem Nachwort versehen von Jochen Schmidt. it 1508

Christian Morgenstern: Alle Galgenlieder. it 6

Wilhelm Müller: Die Winterreise und andere Gedichte. Herausgegeben von Hans-Rüdiger Schwab. Mit einem Vorwort von Christian Elsner. it 901

Friedrich Nietzsche: Gedichte. Herausgegeben von Karl Riha. it 1622

Novalis: Gedichte. Die Lehrlinge zu Sais – Dialogen und Monolog. Mit einem Nachwort von Jochen Hörisch. it 1010

August von Platen: Wer wußte je das Leben? Ausgewählte Gedichte. Herausgegeben und mit einem Nachwort von Rüdiger Görner. it 1713

Rainer Maria Rilke: Ausgesetzt auf den Bergen des Herzens. Gedichte aus den Jahren 1906 bis 1926. it 98

175/2/12.96

175/3/12.96

Kulturgeschichte
im insel taschenbuch

Ernst Batta: Römische Paläste und Villen. Annäherung an eine Stadt. Mit zahlreichen Abbildungen. it 1324

Jean Anthèlme Brillat-Savarin: Physiologie des Geschmacks oder Betrachtungen über das höhere Tafelvergnügen. Ausgewählt, übersetzt und eingeleitet von Emil Ludwig. Mit Holzschnitten der Ausgabe von 1864. it 423

Das Duell. Der tödliche Kampf um die Ehre. Herausgegeben von Uwe Schultz. it 1739

Die Familie. Eine Kulturgeschichte der Familie. Herausgegeben von Ingeborg Weber-Kellermann. Mit zahlreichen Abbildungen. it 1839

Die großen Seuchen. Von Pest bis Aids. Von Kari Köster-Lösche. it 1681

Victor Hehn: Olive, Wein und Feige. Kulturhistorische Skizzen. Herausgegeben von Klaus von See unter Mitwirkung von Gabriele Seidel-Leimbach. Mit farbigen Abbildungen. it 1427

Christoph Wilhelm Hufeland: Die Kunst, das menschliche Leben zu verlängern. it 1706

Wolfgang Kaempfer: Zeit des Menschen. Das Doppelspiel der Zeit im Spektrum der menschlichen Erfahrung. it 1855

Adolph Freiherr von Knigge: Über den Umgang mit Menschen. Herausgegeben von Gert Ueding. Mit Illustrationen von Chodowiecki. it 273

Julius Marusz: Porzellan. Betrachtungen aus der Geschichte der ältesten Manufakturen Europas. Mit zahlreichen Abbildungen. it 1760

Günther Ohloff: Irdische Düfte - himmlische Lust. Eine Kulturgeschichte der Düfte. Mit farbigen Abbildungen. it 1777

Pantoffelhelden und Stiefelknechte. Über poetisches Schuhwerk. Herausgegeben von Franz Josef Görtz. Mit zahlreichen Abbildungen. it 1699

Salzburg. Ein Städte-Lesebuch. Herausgegeben von Adolf Haslinger. Mit zahlreichen Abbildungen. it 1326

Michael Schroeder: Kleine Wappenkunst. Mit farbigen Abbildungen. it 1281

Was wir gespielt haben. Erinnerungen an die Kinderzeit. Herausgegeben von Ingeborg Weber-Kellermann und Regine Falkenberg. Mit zahlreichen Abbildungen. it 1371

Wege ins Eis. Nord- und Südpolfahrten. Literarische Entdeckungen von Friedhelm Marx. it 1683

Wiener Adressen. Ein kulturhistorischer Wegweiser von Dietmar Grieser. it 1203

Das Wiener Kaffeehaus. Herausgegeben von Kurt J. Heering. Mit zahlreichen Abbildungen. it 1318

166/1/12.96

Morgenland und östliche Weisheit im insel taschenbuch

Erotische Geschichten aus den Tausendundein Nächten. Aus dem arabischen Urtext der Wortley-Montague-Handschrift übertragen und herausgegeben von Felix Tauer. it 704

Die Erzählungen aus den Tausendundein Nächten. Vollständige deutsche Ausgabe in zwölf Bänden. Zum ersten Mal nach dem arabischen Urtext der Calcuttaer Ausgabe aus dem Jahre 1839. Übertragen von Enno Littmann. it 224

Geschichten der Liebe aus den 1001 Nächten. Aus dem arabischen Urtext übertragen von Enno Littmann. Mit acht farbigen Miniaturen. it 38

Ibn Hazm al Andalusi: Von der Liebe und den Liebenden. Aus dem arabischen Urtext übertragen von Max Weißweiler. it 1757

Yoshida Kenkō: Betrachtungen aus der Stille. Das Tsurezuregusa. Aus dem Japanischen übertragen, erläutert und mit einem Nachwort versehen von Oscar Benl. Mit zehn Holzschnitten. it 1370

Kin Ping Meh oder Die abenteuerliche Geschichte von Hsi Men und seinen sechs Frauen. 2 Bde. Aus dem Chinesischen übertragen von Franz Kuhn. Mit Illustrationen einer alten Ausgabe. it 253

Lao-Tse: Führung und Kraft aus der Ewigkeit. Das Tao-te-king in der Übertragung aus dem chinesischen Urtext von Erwin Rousselle. it 849

Kakuzo Okakura: Das Buch vom Tee. Aus dem Japanischen übertragen und mit einem Nachwort versehen von Horst Hammitzsch. Mit Fotos aus Japan und einem Essay von Irmtraud Schaarschmidt-Richter. it 412

Die Räuber vom Liang Schan Moor. Ein altchinesischer Roman. Mit sechzig Holzschnitten. Aus dem Chinesischen übertragen von Franz Kuhn. it 191

Annemarie Schimmel: Mystische Dimensionen des Islam. Die Geschichte des Sufismus. Mit zahlreichen Abbildungen. it 1715

Die schönsten Märchen aus 1001 Nacht. Nacherzählt von Günter Eich. Herausgegeben von Karl Karst. it 1740

Tausendundeine Nacht. Neue Erzählungen. Aus dem arabischen Urtext vollständig übertragen und erläutert von Felix Tauer. it 1768

Der Traum der Roten Kammer. Ein Roman aus der frühen Tsing-Zeit. Aus dem Chinesischen von Franz Kuhn. it 1772

Tschuang-Tse: Reden und Gleichnisse des Tschuang-Tse. Ausgewählt und mit einem Nachwort versehen von Martin Buber. Großdruck. it 2317

156/1/12.96